天上大風

[りょうかん]

良寬 ——【著】

陳黎、張芬齡 ——【編譯】

目錄

005　編譯序：天上大風，良而且寬

　　　——俳句、和歌、漢詩、書道四絕的詩僧良寬

【俳句110首】

041　新年之句

043　春之句

057　夏之句

067　秋之句

086　冬之句

095　無季之句

【和歌240首】

103　住居不定時期（1790-1796，33-39歲）

110　五合庵時期（1796-1816，39-59歲）

174　乙子神社草庵時期（1816-1826，59-69歲）

240　木村邸內庵室時期（1826-1831，69-74歲）

282　與貞心尼唱和歌作（1827-1831，70-74歲）

【漢詩150首】

325　五合庵時期（1796-1816，39-59歲）

366　乙子神社草庵時期（1816-1826，59-69歲）

383　木村邸內庵室時期（1826-1831，69-74歲）

390　時期不明者

407　陳黎、張芬齡中譯和歌俳句書目

編譯序

天上大風,良而且寬
——俳句、和歌、漢詩、書道四絕的詩僧良寬

陳黎、張芬齡

一

這本《天上大風:良寬俳句・和歌・漢詩500首》收錄日本江戶時代後期俳句、和歌、漢詩、書道四絕的詩僧良寬俳句110首,和歌240首,漢詩150首,共500首詩作。

1968年諾貝爾文學獎得主,日本小說家川端康成(1899-1972),在其題為「日本的美與我」(美しい日本の私)的獲獎演講辭中,引用了良寬的辭世詩(**本書第291首**)「我有什麼遺物/留給你們?——/春花,山中/杜鵑鳥鳴,/秋日紅葉……」,以及另外三首短歌——「長長的春日,/跟孩子們/玩手毬——/啊,一天/又過去了」(215首)、「風清,月明,/我們一起/盡情跳舞吧,/讓老年的餘波、/餘韻永盪……」(302首)、「我並非不與世人/交往:是因為/我更喜/愛獨/遊」(305首),來說明良寬的詩歌如何體現日本的精髓以及自古以來日本人的情感、心性。

川端康成說:「這些短歌反映了良寬的心靈與生活。他住草庵,穿粗衣,漫步原野道路與兒童嬉戲,和農夫閒聊,不用艱難的語言,不高談深奧的信仰與文學,而全然以『和顏

愛語」——純真無垢的言行相對。他的詩歌和書法，皆超脫了江戶後期，從十八世紀末到十九世紀初，日本近世的習尚，而臻於古代的高雅之界；直至現在，其書法和詩歌仍深受日本人民珍愛。在他的辭世詩中，他說他沒有什麼東西可留作紀念，也不想留下什麼，但自己死後，大自然仍是美的，這也許可以視為自己留給此世的遺物吧。這首短歌凝聚了古來日本人的情懷，也可從中聽見良寬充滿宗教信仰的心。」

日本禪學家鈴木大拙（1870-1966），在其《禪與日本文化》一書中說：「認識一個良寬，等於認識日本人心中的千千萬萬良寬。」川端康成和鈴木大拙都認為在良寬身上可以看到日本民族獨有的特色，若想真正瞭解日本，就應該研讀、瞭解這位十八、九世紀詩僧的作品與生平。作為一個僧人、作為一個禪宗修行者，良寬亦屬異類，他悟道、出師後，並未全然出世、離世，而是以「和顏愛語」回歸人世，以無邪、無垢之心入世、憐世。終其一生他都是「大愚」——一個超脫所有虛假、人為桎梏的大智若愚者。他遺留給此世的，除了一百一十多首俳句、近一千四百首和歌、近五百首漢詩，以及包括畫贊、條幅、屏風、扇面、短冊、漢詩、短歌、狂歌、俳句、偈語、戒語、書簡……等超過兩千件墨寶外，還留給我們一個隨性、任性，「騰騰任真」的良寬，一顆良而且寬的天真、安貧、慈愛之心。

二

良寬（Ryokan，1758-1831），號大愚，寶曆八年十月（本書所述月、日皆指陰曆）出生於日本越後國出雲崎（今新潟縣三島郡出雲崎町）村長山本家，為長男，幼名榮藏，十五歲成年禮後名文孝。母親秀子是山本家親戚，後被收為養女，父親山本以南（1736-1795），本名新木泰雄，小母親一歲，原住與板町，後來入贅山本家。良寬兩歲時，父親以南接任石井神社神官。七歲時，外祖父過世，父親繼任村長。1765年，良寬八歲，入鄰町尼瀨曹洞宗光照寺的寺子屋（私學館）學習。1770年，漢學家大森子陽（1737-1791）回越後分水町開設私塾「三峰館」授課，十三歲的良寬隨其習漢學，至1775年，前後六年。良寬家甚富文學與宗教氣氛，藏書頗豐（他的三個弟弟、三個妹妹，長大後也都或能俳句、短歌，或能漢詩），父親以南是俳句詩人，有「北越蕉風棟樑」及「出雲崎俳壇中興之祖」之稱。

幼年、少年時的良寬聰明好學，應該隨老師讀過《論語》、《孟子》、《三字經》、《孝經》、《詩經》、《文選》、《唐詩選》等漢籍，奠下漢詩寫作的基礎，同時也涉獵了家中所藏《古今和歌集》、《西行法師歌集》、《徒然草》、《平家物語》等日本文學書，存取了日後寫作和歌時的養分。據說有回盂蘭盆節期間，十二、三歲的的良寬每晚在家中陰暗燈籠下讀書，母親心疼，叫他去看大家跳舞，良寬不情願地走出家門，不久母親發現庭院石燈籠底下有人影晃動，以為是小偷，她緩步趨前，一看是良寬在讀《論語》。

1775年，十八歲的良寬從三峰館退學，6月起擔任「村長見習」的工作。天性單純的他不習慣與人計較、爭執，實習村長職務期間，面對和處理人際紛爭讓他挫折重重，絕望之餘突於7月18日離家出走，至光照寺剃髮隨破了和尚習禪學。良寬一生是否結過婚，後人不太確定，只知道作為村長接班人的他，善良、慷慨，頗獲當地青樓女子們喜愛。一種有力之說認為良寬在十八歲這年結了婚，妻子名字可能叫「歡」（よし），但半年後離婚，而這可能也是他出家原因之一。

　　1779年，備中玉島（今岡山縣倉敷市玉島）圓通寺住持國仙和尚來光照寺訪問，二十二歲的良寬由其授戒，成為正式僧侶，僧名良寬，後隨國仙和尚回圓通寺修習正規曹洞宗禪。至1790年，三十三歲的良寬終獲國仙和尚授予「印可之偈」（悟道、出師之證詞）：

　　良也如愚道轉寬　　騰騰任運得誰看
　　為附山形爛藤杖　　到處壁間午睡閒

　　此偈大致謂「良寬啊，你看起來笨笨的，眼前道路反而寬；隨意自在，順其自然，有誰能及？我因此交付給你這支山形老藤杖，讓它伴隨你四處倚壁悠閒午睡」。圓通寺十二年間，除了聽國仙和尚講授日本曹洞宗開宗祖道元禪師（1200-1253）的《正法眼藏》外，良寬應也閱覽了寺中所藏《黃檗鐵眼版大藏經》、《六祖壇經》、《禪林類聚》、《臨濟錄》、《趙州錄》、《林間錄》、《無門關》、《從容錄》、《高僧傳》等經

書,並隨國仙和尚學漢詩、和歌、茶道、花道,可惜此階段良寬詩歌作品未見任何一首存留。國仙和尚於1791年4月圓寂,秋後良寬告別圓通寺踏上歸鄉之路。他行腳各地,居無定所,有一種說法認為他可能在1792年即已回到家鄉出雲崎,但歷來學者們傾向認定他大概於1796年、三十九歲那年,始返抵家鄉。

漫漫返鄉路上的這幾年間,良寬所到之處包括關西的赤穗、明石、京都、高野、吉野、伊勢、須磨等地(1791年秋至1792年春),以及四國(約1792或1793年)、關東,且可能遠及「陸奧地區」(東北地區),他一方面拜訪各地「有知識」之人及同門師兄弟請教、印證所思所學(「出家離國訪知識,一衣一缽凡幾春」,431首),一方面尋訪前輩詩人西行法師、俳聖芭蕉行吟過的名勝。在大阪弘川寺西行法師墓前,他詠此歌向西行法師致敬:「原諒我,如果我/所折之花/色漸淡,香漸薄/我可獻給你的/唯獨一顆思慕的心」(115首)。

良寬的母親於1783年去世。1786年父親以南離家隱居,小良寬四歲、也寫俳句、短歌的弟弟由之繼任村長,成為一家之主。以南浪跡各地,於1795年7月在京都桂川投水自殺。良寬大概於1796年秋返抵家鄉出雲崎,據說先住在寺泊町本鄉的一間空屋,此階段他有一首短歌如此寫:「回到家鄉越後,/還未習慣/家鄉氣候,/無情寒氣/深深滲我肌……」(119首)。他於1797年移往分水町國上山半山腰的五合庵居住。1802年良寬離開國上山,先後借住於寺泊町照明寺密藏院、分水町「牧ヶ花」(在今之燕市)的觀照寺、國上山的本

覺院、寺泊野積的西生寺，大約於1805年春搬回國上山五合庵定居，直至1816年才搬離到國上山山麓的乙子神社草庵。

先後住了十多年的五合庵是半生漂泊的良寬安定或「求」安定之所——安於浮生的起伏，困惑，孤寂，不安……：「唯求／孑然獨立／秋之庵」（074首）；「久住則安——／此際仿如身在／廬山陣雨中」（089首）；「何處可覓／比國上山／更讓我心動的／住所——／無也！」（172首）。五合庵的「五合」指半升，人一日所需之米約五合——「五合」足矣，良寬以此明自己清貧生活之志：

索索五合庵　實如懸磬然
戶外杉千株　壁上偈數篇
釜中時有塵　甑裡更無煙
唯有東村叟　頻叩月下門（362首）

生涯懶立身　騰騰任天真
囊中三升米　爐邊一束薪
誰問迷悟跡　何知名利塵
夜雨草庵裡　雙腳等閒伸（388首）

回首五十有餘年　是非得失一夢中
山房五月黃梅雨　半夜蕭蕭灑虛窗（422首）

良寬在此坐禪，修行，時而下山至鄰近村裡托缽乞討，與村童玩手毬、唱歌同樂，與農人共飲，暇餘時創作和歌、

俳句、漢詩與書法——他用短歌抒發山居生活的寂寥與情意：「孤寂，但／心清澄：／日復一日／草庵／悠閑度」（176首），「我不覺／我身貧乏——柴門外／有月／有花！」（178首），「雲散，／天晴，我要／出門托缽，隨心之／所至領受／上天的賜予」（170首），「夕霧／籠罩遠方／村莊，我在回／杉林所圍的／我的家路上」（149首）；也用漢詩吟詠之：

　　晝出城市行乞食　　夜歸巖下坐安禪
　　肅然一衲與一缽　　西天風流實可憐（466首）

　　裙子短兮褊衫長　　騰騰兀兀只麼過
　　陌上兒童忽見我　　拍手齊唱放毬歌（365首）

　　青天寒雁鳴　　空山木葉飛
　　日暮煙村路　　獨揭空盂歸（364首）

　　靜夜虛窗下　　打坐擁衲衣
　　臍與鼻孔對　　耳當肩頭垂
　　窗白月始出　　雨歇滴猶滋
　　可憐此時意　　寥寥只自知（402首）

　　孤獨隱居山中的他也時興訪友之念，或等待、欣喜友人來訪：「春雨——／突興／訪友之念……」（006首）；「秋夜一始，／兩人取筆／吟詩唱和……」（060首）；「如果你不嫌／山谷的聲響與／山頂暴風，再次沿／杉樹根暴現的／崖道

來訪吧」（180首）；「持美酒／與菜肴來吧，／讓我一如往常／留你／草庵一宿！」（182首）。這個時期最常與他往來的文友首推昔日三峰館同門、小他四歲的原田鵲齋醫師（本書所選良寬詩歌與他有關者有八首：059、060、103、123、280，354、421、481首），其子原田正貞（152首）也是良寬好友——父子兩代同為良寬「平起平坐」知交，由此一端即可見良寬齊老少、跨類別，不受成規所縛的灑脫、親和特質。

其次是小他二十一歲，從五合庵時期到乙子神社時期持續與他密切往來，以俳句、和歌、漢詩相互唱和的釀酒商阿部定珍（本書良寬詩歌與他有關者有十三首：072，153、162、166、182、234、235、240，395、445、446、447、448首）：

我別無／他物／款待君——／除了山中／冬日寂寥（良寬，162首）

秋雨／暫停時，出門／和孩子們一起／沿著山路走，／弄濕了衣服下擺……（阿部定珍）
雨停時出門／弄濕了你衣服／下擺——君來／這兒過一夜／閒談如何？（良寬，235首）

北風吹颯颯　雨雪亂飛飛
此夜君何憶　優遊論是非（阿部定珍）
把燭嵐窗夜　夜靜雪華飛

逍遙皆自得　何是復何非（良寬，447首）

有趣的是良寬每每一魚兩吃，以不同詩歌類型同時料理相同題材，譬如用俳句與和歌分別寫定珍秋日來訪，深怕他被路上掉落的帶刺殼栗子打中一事：

君來時，啊／當心路上掉落的／帶刺殼的栗子……（072首）

且待月亮／生輝時，／君方歸吧——／山路上帶刺殼的／栗子不時掉落……（234首）

或者用和歌、漢詩協奏他很喜歡和孩子們一起玩的「手毬」此一主題：「……村中大街／叉路口，／孩子們／齊玩手毬／享受春之趣。／一二三四五六七，／啊，你們拍手毬／我來唱手毬歌，／我來拍手毬／換你們來唱歌……／我們唱又唱，／直到長長春日／一整天過去了」（214首）；「……兒童忽見我，欣然相將來，……於此打毬兒，我打渠且歌，我歌渠打之，打去又打來，不知時節移……」（376首）；「袖裡繡毬值千金，謂言好手無等匹，箇中意旨若相問，一二三四五六七」（368首）。

良寬的弟弟由之，任村長時因經手款項不明被訴，後被判沒收家產，山本一家從此沒落，由之也於1811年剃髮隱居他鄉。1816年5月由之返鄉，至五合庵訪其兄，驚覺五十九歲的良寬衰老許多，應是反覆上山、下山辛勞故，遂安排良

寬於這年夏天搬到山下乙子神社草庵居住，也讓良寬十六歲的徒弟遍澄（1801-1876）陪著他。兼任神社看守人的良寬笑稱自己半神官半僧侶，依然淡泊、清貧，自在過日：

少小學文懶為儒　少年參禪不傳燈
今結草庵為宮守　半似社人半似僧（450首）

國上山下是僧家　麄茶淡飯供此身
終年不遇穿耳客　只見空林拾葉人（372首）

有人問，／就說我在／乙子神社草庵／撿拾落葉／度日……（231首）

乙子神社時期的良寬在和歌方面新獲道元禪師《傘松道詠集》歌集、解說古籍《日本書紀》歌謠的《古訓抄》、阿部定珍所藏《萬葉和歌集校異》等書，讓他更深入學習古典真髓；他邊讀定珍借他的《萬葉集》，邊以朱墨加入注記，使他自己的歌風從五合庵前半期（四十歲階段）受《新古今和歌集》影響的「新古今調」、五合庵後半期（五十歲階段）受《古今和歌集》影響的「古今調」，蛻變為六十歲階段更古樸、古雅、誠摯的「萬葉調」。在漢詩方面則延續了五合庵時期所受《論語》、《文選》、《楚辭》、《唐詩選》、《寒山詩集》等書之影響，又讀破借來的九十五卷本道元禪師《正法眼藏》，堅毅其信仰、人格；此階段良寬漢詩，益見其融儒家與佛教精神，《論語》與《正法眼藏》在胸，出家但不忘關心世事的生

命與創作特質。書法方面,自1807年開始臨摹平安時代小野道風「草假名」《秋萩帖》以及懷素草書《自敘帖》的良寬,此階段又勤學王羲之《蘭亭序》、《澄清堂帖》,王獻之《二王帖》,孫過庭《書譜》,懷素《千字文》等,巧化為自己書法之風,以之錄寫自己所作詩歌。乙子神社時期的良寬將和歌、漢詩、書法三種藝術合為一體,燦開出多面皆美的藝術之花,可說是古往今來罕見之人。

1826年秋良寬因身體狀況日差,決定搬離乙子神社,於10月1日搬入島崎富商木村元右衛門家邸內的庵室居住,在此度過他生命中最後五年。由之此時結庵於與板,兩位出家「兄弟」詩或人時有往來:

仲春二月/雪降/不絕——是不是因為/君久久才來一次/不讓你走!(279首)

你沿著暗夜/哪一條夢中道路/摸索到我這兒?/周邊的山/依然雪深呢!(308首)

兄弟相逢處　共是白眉垂
且喜太平世　日日醉如痴(458首)

木村庵室時期良寬最重要的生命事件是女歌人貞心尼(1798-1872)的出現,此亦日本文學史上極浪漫、動人的一頁。貞心尼可說是良寬晚年的愛徒與精神戀人。她出生於越後國長岡,為武士之女,據傳貌極美,而且能歌、能文、能

書,可以說是才女。十七歲時嫁給住在越後小出的醫師關長溫,五年後夫死(一說與夫其離婚),於二十三歲時在柏崎的閻王寺落髮為尼。三十歲那年(1827年)移往長岡福島村「閻魔堂」草庵修行,於4月時初訪住在島崎木村家庵室的七十歲的良寬,良寬當時出外暫住於寺泊照明寺密藏院,貞心尼留下一首以良寬喜玩之「手毬」為題材的短歌以及一個她作的手毬,請求良寬收她為徒:「與村童天真/玩手毬,你/開開心心遊於佛之/道上,無窮/無盡不知疲倦……」。6月間良寬返回後,回以底下這首獨特、絕妙,讓數字一到十全部入列的詩,同意貞心尼入門:「你也試看看/來拍手毬:/一二三四五六七八/九十,拍到十,/再重新開始……」(325首)。1827年7月,貞心尼再訪良寬,第一次見到良寬的她喜不自勝,寫了一首驚嘆自己恍如在夢中之詩:「親眼見君——/果真是君乎?/此心狂喜,/猶疑/在夢中!」良寬的回覆也頗「夢幻」而有禪意:「此世本如夢,/我們在夢中/談夢,啊/真朦朧——/須夢就夢吧!」(326首)。至1831年1月良寬過世止,貞心尼多次拜訪良寬,與他談詩、談道、談心(詳見325至350首)。兩人關係既像一對佛門師徒,又像同遊於詩歌之道、藝術天地的老少兩位美的信徒——時而像父女,時而像兄妹,時而像知己,時而像戀人;既純淨又溫潤,既人性又不固著於人間的欲求、煩惱,既靈性又充滿熱情,既美、既真、既善又可敬、可愛。貞心尼於良寬死後四年(1835年)編有詩集《蓮之露》(はちすの露),收錄良寬死前四年間兩人往來「戀歌」(相聞歌)五十餘首,另有良寬短歌77首、長歌19首以及俳句11首。

川端康成在他的諾貝爾獎演講辭裡也引了一首良寬給貞心尼的戀歌，向世人呈示他們動人的愛情。1830年夏，七十三歲的良寬為下痢而苦，居家靜養，原本答應秋天時去看貞心尼，只好作罷。然而病況未見好轉，入冬後良寬閉門謝客，貞心尼寫信慰問他，良寬回貞心尼一詩，期盼她「春天一到，／趕緊從／你的草庵／出來吧，／我想見你！」（346首）。12月底，貞心尼驚聞良寬病危，急往探視，良寬坐於床上，似乎未受病情所苦，欣喜迎接她，且吐出了這首川端康成覺得「充滿坦率、誠摯情感」的戀歌：

幾時幾時／來啊——我殷殷／盼君至／今既相見，啊／夫復何求？（347首）

　　川端說：「這是一首見到了永恆的女性的喜悅之歌，一首望穿秋水之後，終於得見所候所愛伊人的喜悅之歌」。七十歲後的良寬和歌，探囊取物般靈活調用各種古歌元素，且在像上述與貞心尼的贈答歌中巧妙呼應對手歌調，形成一種簡明、清澄，自在、自成一格的「良寬調」。

　　良寬於1831年1月6日以七十四歲之齡去世，由之、貞心尼在側。葬禮於8日在下雪天中舉行。據貞心尼在《蓮之露》中所記，病榻上的良寬口中唸出的最後一首詩是下面這首俳句：

紅葉散落——／閃現其背面／也閃現其正面……（082首）

三

　　良寬生前有許多被人津津樂道的逸事。這些小故事顯示了良寬的愚與真，樸拙與童心，也展現了他對兒童、庶民，對貧弱者，對花草樹木的愛。他每天早上對著天空無紙練字，或者在土和沙上寫字。用寶貴的紙練習時會練到紙全然漆黑。許多富人或相識者向他索字，良寬未必有求必應，但他卻樂於為孩童寫字。據說有一次良寬在燕市乞討完後，在大堤上見一群小孩準備放風箏。有個小孩拿著一張紙走來對他說「請幫我寫字」，良寬問他要做什麼，小孩說「我要做個風箏來放，請幫我寫『天上大風』」，良寬欣然提筆，為這孩子寫下「天上大風」四個字。

　　當天這個孩子的風箏如果高飛上天，一層層推其逍遙而上的，除了「天上大風」，當還有滿溢良寬心中、良而且寬的童真與對世界的愛吧。

　　良寬流傳後世的書法作品中，最有名的一幅即是寫了「天上大風」這四字者。這幅作品處處暴露出技法上的不完美：前三個字用墨過多，以致在剛下筆處都有宣紙暈開的痕跡；「天」的後兩個筆劃在用墨和力道上都嫌不足；「上」字的一豎和「風」字由上到右的勾勒都有運腕不穩的跡象；「天」字太大而「上」字太小；「風」字位置過於偏左，導致署名的空間受到擠壓。通常書法作品講求完美技法、優雅、力度、氣韻等諸多要素，但許多書法家和藝術愛好者卻對良寬這幅技法不完美之作深感敬畏。良寬是技法純熟的書法家（從他的其他作品可知），但在這幅作品中他把技法丟到一邊，以赤

子之心寫下了不甚對稱、看起來有些「笨拙」的四個字。這質樸、孩童般的筆觸，流露出的正是良寬天真、自由自在的本性。與孩童在一起時，良寬自己就是個孩童。

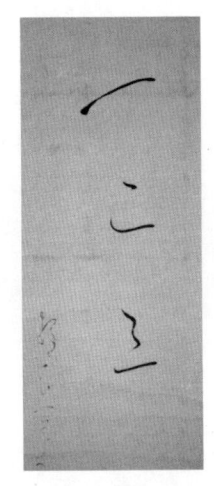

有農人對良寬說：「你寫的字很難看懂。你能不能寫些連我也看得懂的東西？」良寬說「好，好」，接著在紙上寫下「一二三」。在良寬遺留下來的《一二三》這幅書法名作裡，我們看到最上面的「一」由左往右上斜翹，線條相當優雅；中間的「二」上面一橫短得有點像個小黑點，下面一橫由左邊略略一彎往右一揮，形成絕美的曲線；最底下的「三」，上面兩橫以草書連成一氣，彷彿一條或一節往上飄升的風箏的線（啊，「天上大風」又發功了！），最下面一橫，直而穩的橫陳於下，彷彿大地。

良寬詩中或書法作品中出現的數字串，看似無厘頭，卻每每帶有禪意。道元禪師在《典座教訓》一書中提到他在中

國求道時，一位負責禪寺每日齋粥的老典座（廚師）跟他說：「學文字者，為知文字之故也；務辦道者，要肯辦道之故也。」（「要研讀文字，你必須瞭解文字的起源；要修道，你必須瞭解道的起源。」）道元問他什麼是文字，老典座回答：「一二三四五。」道元又問他什麼是修道，老典座說：「遍界不曾藏。」（「道遍滿宇宙，隨時隨處可見。」）身為以坐禪為修禪方法、「只管打坐」的曹洞宗弟子，良寬自然也遵循道元「修證一如」（「修行與證悟合一」）的教誨——一個數字、一個小事，即道之所在。

良寬很喜歡孩童和花，寫過許多和孩子們一起玩，一起賞花、採野菜的詩，孩子們都把他當作好朋友，雖然有時覺得他笨笨的，故意欺負他：

十字街頭乞食了　八幡宮邊方徘徊
兒童相見共相語　去年痴僧今又來（366首）

日日日日又日日　間伴兒童送此身
袖裡毬子兩三箇　無能飽醉太平春（423首）

孩子們啊，孩子們／你們一個接一個／來跟杜鵑花握手！（010首）

孩子們，我們／上山／賞紫羅蘭吧，／如果明天花謝了／該如何？（281首）

在路邊採／紫羅蘭，忘情地／忘了將缽／帶走——我／可憐的小缽啊（218首）

多快樂啊，／春日田野裡／和孩子們／攜手四處／採嫩菜！（217首）

他也喜歡到田舍和農民聊天共飲、同樂：「行行投田舍，正是桑榆時，鳥雀聚竹林，啾啾相率飛，老農言歸來，見我如舊知，喚婦漉濁酒，摘蔬以供之，相對云更酌，談笑一何奇，陶然共一醉，不知是與非」（377首）；喝醉後，還以田埂為枕榻，倒頭就睡：「孟夏芒種節，杖錫獨往還，野老忽見我，率我共相歡，蘆芰聊為席，桐葉以為盤，野酌數行後，陶然枕畔眠」（480首）。

良寬住在五合庵時，據說有次小偷前來行竊，良寬家無長物，乃脫下身上衣服交給小偷。有一晚，小偷又來光顧，無物可偷，居然打起良寬身體下蒲團（被褥）的主意，良寬假裝睡著，翻過身去，讓小偷順利地抽走被子。良寬自嘲地寫了底下這首流傳極廣的俳句，感謝偷兒沒有徹底搜刮一空，「好心」留下窗外月亮，讓他仍富擁一室月色：

小偷忘了帶走的——／我窗前的／明月（073首）

啊，真是笨小偷，竟不知此乃「貧」僧之屋，還好碰到比他更笨的良寬，才不致空手而歸。有一年春天，良寬五合庵外的廁所裡長了一根新竹，越長越高，快抵到屋頂。良寬

拿蠟燭想要在屋頂上燒一個洞,好讓竹子繼續生長,沒想到把整間廁所都燒了。有一年秋天,良寬和孩子們在村裡玩捉迷藏,良寬藏在新疊起的稻草堆裡。天黑了,孩子們都偷偷回家去了,留下良寬一個人。第二天早上,農夫從草堆里拉出稻草來時,發現良寬在裡面,驚呼:「啊,良寬和尚!」良寬說:「噓!小聲點,孩子們會聽到……」

「大愚」良寬似乎從小笨到大。良寬八歲時,有天早上遲遲起床,被父親責備。羞赧的良寬本能地抬頭看著父親。父親跟他說:「敢直視父母親的小孩,會變成比目魚。」良寬信以為真,跑到海邊坐在凸起的岩石上,直到黃昏時被母親找到。他告訴母親:「一變成比目魚,我就打算立刻跳進海裡!」

單純、善良的良寬對每個人心存敬意,遇見勞動者必鞠躬致意。他始終面帶微笑,所到之處總讓人覺得「嚴寒冬籠去,春天又來到」(214首)。他不說教,不一本正經地勸誡,但他的生命散發出純真和喜樂之光,他自身的存在便是一場鮮活的傳道行動。

四

川端康成1968年諾貝爾獎演講辭「日本的美與我」,對世人進一步認識「日本的美與良寬」功不可沒,雖然此前西方世界對良寬並非全然陌生。1970年日本一項調查顯示,99%的日本小學生都熟悉良寬。在舊制新潟高等學校(後之新潟大學)教德語的雅各布·菲舍爾(Jakob Fischer)教授,

1937年初次出版、以英文寫成、厚152頁的《蓮之露》(*Dew-Drops on a Lotus Leaf*)，應是外國人所寫第一本有關良寬生平與作品的專書——讓良寬由新潟的良寬、日本的良寬，一躍而為世界的良寬。1969年，兒玉操（Misao Kodama）與柳島彥作（Hikosaku Yanagishima）兩位教授合作英譯的良寬和歌、漢詩選《大愚良寬》(*Ryōkan the Great Fool*)於京都出版，1999年增訂再版，易名為《痴愚禪僧：良寬》(*The Zen Fool: Ryōkan*)，收英譯良寬和歌、漢詩共160多首。約翰‧史蒂文斯（John Stevens）於1977年在紐約出版《一衣一缽：良寬禪詩選》(*One Robe, One Bowl: the Zen Poetry of Ryōkan*)，這本收英譯良寬漢詩、短歌各百首、俳句兩首，厚不到90頁的小書，1994年我們在台灣買到時已達第十一次印刷，顯受川端康成之惠。伯頓‧沃森（Burton Watson）在1977年也由哥倫比亞大學出版了《良寬：日本禪僧詩人》(*Ryōkan: Zen Monk-Poet of Japan*)，收英譯良寬和歌83首、漢詩43首。1981年，湯淺信之（Nobuyuki Yuasa）翻譯的《良寬禪詩》(*The Zen Poems of Ryōkan*)由普林斯頓大學出版，收英譯良寬和歌、漢詩共430首。約翰‧史蒂文斯續於1993年出版了一本收錄良寬俳句、和歌、漢詩等共140多首的英譯選集《蓮之露》(*Dew Drops on a Lotus Leaf*)。1996年，阿部龍一（Ryuichi Abe）與彼得‧哈斯克爾（Peter Haskel）合作譯著的《大愚：禪僧良寬》(*Great Fool: Zen Master Ryōkan*)由夏威夷大學出版，收良寬和歌、漢詩共220多首以及信簡與其他作品英譯，厚約300頁。2000年，桑福德‧戈德斯坦（Sanford Goldstein）等英譯的《良寬短歌‧俳句選》

（*Ryokan: Selected Tanka and Haiku*）由日本新潟考古堂書店出版，收短歌百首、俳句20首。2012年，棚橋一晃（Kazuaki Tanahashi）譯著的《天上大風：禪師良寬生平與詩歌》（*Sky Above, Great Wind: the Life and Poetry of Zen Master Ryokan*）在波士頓出版，收英譯良寬俳句、和歌、漢詩近140首。這些應大都是因川端演講辭而起的一陣陣「天下良寬風」。

良寬的父親以南是活躍的俳人，家學影響，良寬動手寫俳句應該早於和歌與漢詩，況且江戶時代是俳諧風氣甚盛的一個時代。良寬和小他五歲的俳人小林一茶（1763-1827）算是同輩人，他們都以喜歡小孩、小動物，同情弱者而為世人所知。前述英譯良寬的日籍禪學家、書法家棚橋一晃，在其《天上大風：禪師良寬生平與詩歌》一書中說良寬是公認與松尾芭蕉、與謝蕪村、小林一茶並列的江戶時代大詩人。俳聖芭蕉有俳句近千首，詩畫兩棲的蕪村有俳句三千首，一茶有兩萬兩千首。良寬俳句百多首，以量而言遠不及他們，但加上和歌、漢詩，就足與「俳句三聖」並駕齊驅了。良寬的俳句富即興性，簡潔明瞭，純樸有情，不乏名句、佳句：

鶯啼將我從／夢中喚醒：美妙的／朝晌，朝餉！（017首）

落櫻，／殘櫻，／皆落櫻……（025首）

夏夜──／數身上的跳蚤／到天明（033首）

夏日薰風╱把一朵白牡丹╱送進我湯裡（038首）

晚風涼兮──╱鐵缽裡╱明日的米（042首）

風攜來╱足夠的落葉，╱可以生火了（084首）

往事穿過敞開的╱窗口回來╱比夢還美好……（100首）

　　良寬的俳句頗多以古典為背景者，他尊敬古人，像《論語》裡的顏回就是他一再致敬的對象：「顏回的瓢──╱令人思慕的╱器物！」（051首）；「下雨天──╱破瓢啊，我們聊聊╱古昔事吧」（050首）。良寬很崇拜芭蕉，用漢詩寫過一首〈芭蕉翁贊〉：「是翁以前無是翁，是翁以後無是翁，芭蕉翁兮芭蕉翁，使人千古仰是翁」（492首）。他也跟許多「芭蕉粉」一樣，報名參加了「芭蕉杯」古今井池跳水賽（啊，都是冠軍──歷屆冠軍！屬明治時代的正岡子規跟良寬一樣俳句、和歌、漢詩三棲）：

古池──╱青蛙躍進：╱水之音（松尾芭蕉）

古井：╱魚撲飛蚊──╱暗聲（與謝蕪村）

古池──╱「讓我先！」╱青蛙一躍而入……（小林一茶）

「古池──／青蛙躍進……」／啊,好一幅俳畫!(正岡子規)

新池──／青蛙躍進:／無聲(良寬,008首)

良寬的人和詩就像一個靜默、靈動的水池,廣納萬物,隨時歡迎新元素躍入,更新水池的寬、深與造型,永保其新。他的和歌與漢詩(他一生中更加致力的兩類詩)也同樣很有親和力。良寬一方面從不同的古典詩集、詩人處,摘取不同的詞彙、詩句,混而用之(如他在〈藤氏別館〉這首漢詩中,縱情流覽齋藤氏家豐富藏書後所說的「摘句聊為章」),一方面又從庶民生活、大眾文化中汲取養分,遣用口語與俚俗意象,讓詩作更加鮮活。

「摘句聊為章」──或者說拼貼式、奪胎換骨式、大量「借用」前人詩句的創作方式──是良寬詩歌一大特色。據專家研究,詩句被良寬和歌「借用」次數最多的古典歌集,計有《萬葉集》(313次),《古今和歌集》(101次),《古今和歌六帖》(平安時代私撰和歌集,53次),《新古今和歌集》(37次),《拾遺和歌集》(31次),《後撰和歌集》(21次)……。《萬葉集》顯然是良寬的最愛。良寬「小友」解良榮重(1810-1859)在《良寬禪師奇話》中記良寬回答弟子,說學歌者應讀《萬葉集》,無須讀其他,《古今和歌集》尚可一讀,《古今集》以下則不堪讀。以質樸的《萬葉集》為師,應是良寬覺得,對初學者來說,有感而發、言之有物比講究技巧重要。受《萬葉集》影響,良寬歌作中頻繁使用「枕詞」(意義

不確定的固定修飾語），且創作大量「長歌」。

《萬葉集》4500多首歌作中有265首長歌,「歌聖」柿本人麻呂寫有約20首,另一「歌聖」山部赤人有13首,歌作佔《萬葉集》十分之一的主要編纂者大伴家持有46首。寫有近一千四百首和歌的良寬則有長歌88首（本選集譯有他六首長歌：213、214、244、247、253、285首）。良寬歌作中使用了《萬葉集》中出現的「枕詞」83種、450次,而柿本人麻呂使用了66種、100次,大伴家持使用了50種、170次。

但我們不要誤以為良寬只是一個「復興《萬葉集》者」,一個復古者。《萬葉集》提供他詩歌靈感,但他並非盲從地模仿,而是存乎一心地將他廣泛取用的他人詩句化為己有,有效地達成一種亂中有序的諧和。解良榮重說良寬「討厭書法家寫的字,討厭事先已知會怎麼寫的詩,以及依題寫作之詩」（師嫌フ處ハ、書家ノ書、歌ヨミノ歌、又題ヲ出シテ歌ヨミヲスル）,良寬珍惜有所感、真性情的自由自在的創作,而非「行家」體、套規則的制式之作。

歸納幾點良寬歌作特質：格調高雅（川端所說超脫江戶後期習尚,而臻於古代高雅之界）；技巧凝煉,內容簡明淺顯；凝視現實,充滿慈愛之心──良寬寫過一首漢詩〈杜甫子美像〉,歌讚因安史之亂避居成都草堂的杜甫,夢中猶憂時憂國：「憐花迷柳浣花溪,馬上幾回醉戲謔,夢中尚猶在左省,諫草草了筆且削」（494首）。他一定熟悉杜甫〈茅屋為秋風所破歌〉中之句「安得廣廈千萬間,大庇天下寒士俱歡顏……」,且私淑、抱持這民胞物與之心：

安得廣闊／黑色／僧衣袖，／大庇天下／貧窮者（315首）

安得廣闊／黑色／僧衣袖，／大庇／滿山紅葉／免凋零……（242首）

不只大庇天下貧民寒士，還大庇紅葉——真是民胞、物與！正是這種對人間的愛，對人間悲、喜、苦、樂以及自然之美、之哀的感懷、詠嘆，讓聆聽到的我等世人，隨良寬在心中獲得一種昇華之美，一種平靜、安定。日本國學大師、東京大學教授久松潛一（1894-1976），1961年公開講演時，將七、八世紀的柿本人麻呂，十二、三世紀的藤原定家，以及良寬，並列為和歌史上三大歌人。他說柿本人麻呂是銜接古代歌謠與和歌、跨越「公家之歌」與「私人之歌」的歌人，藤原定家是將「耽美」的和歌推至極點的歌人，而良寬是將「人間」的和歌推至極點的歌人。

勤學好讀的良寬，漢詩寫作所受的影響也豐富多樣，包括他自承的《詩經》、《楚辭》、《文選》，以及《唐詩選》、《白氏文集》、《寒山詩集》、《唐詩三百首》、《詩人玉屑》、《論語》、《孟子》、《莊子》、《史記》，佛典《法華經》、《碧巖錄》、《維摩經》，乃至於日本的《萬葉集》、《懷風藻》（第一本日人所寫的漢詩選）等。影響他最大的詩人當屬也是「詩僧」的唐代的寒山，良寬屋子裡可能有一本寒山詩抄本：「終日乞食罷，歸來掩蓬扉，爐燒帶葉柴，靜讀寒山詩……」（387首）；其次應是陶淵明，以及李白、杜甫、白居易、王

維四人。

　　良寬漢詩中呈現的仁義、無為、慈悲寬容等思想，兼融了儒、道、佛三教與寒山思想。他仰慕寒山的高潔，鍾情陶淵明歸田園居的悠閒自在。良寬心目中的理想人物應是釋迦、孔子、陶淵明三者的合體。「摘句為章」的良寬，漢詩中挪用寒山詩處恐不下百處，有些是單句的仿造，有些則模仿全詩。試比較寒山寫於隱居處天台山寒岩洞的〈獨臥重巖下〉一詩與良寬五合庵中所作〈獨臥草庵裡〉：

獨臥重巖下　　蒸雲晝不消
室中雖暡靉　　心裡絕喧囂
夢去遊金闕　　魂歸度石橋
拋除鬧我者　　歷歷樹間瓢（寒山）

獨臥草庵裡　　終日無人視
缽囊永掛壁　　烏藤全委塵
夢去翱山野　　魂歸遊城闉
陌上諸童子　　依舊待我臻（良寬，424首）

　　寒山詩大致謂「獨臥一重重山岩下，蒸騰的雲霧到中午還不消。岩洞內雖昏暗，我內心卻平靜絕喧囂。睡夢中我去到了仙人所居的天上黃金宮闕，魂魄在歸途中度過石橋。啊，掛在樹間嚦嚦作響的瓢擾我清夢，真想把它拋掉！」帝堯時的隱士許由，常用手捧水喝，友人送他瓢，他用過後掛樹上，嫌風吹瓢聲吵，將之扔掉。良寬的詩為病中所作，他

夢見自己死去，蕩旋於山野間，但魂魄仍回到城中，準備與在路上等他來的兒童們同玩。兩首詩架構相似，但展現的生命態度頗有異：寒山樂於遊仙、絕塵，出世、諷世，但良寬不忍捨世、離世，猶念念不忘回到人間與孩子們一二三四五六七，一起唱歌、拍手毬，摘花、採菜，悟道、傳道。

良寬漢詩從漢魏古風至唐代絕句、律詩等近體詩皆有所習擬。近體詩講求押韻、平仄、對仗，但良寬寫作漢詩往往不受格律、形式之縛，而是求能自在表達真性情，生動呈現生活、生命感受，五言、七言外，時而閃現一言、二言、三言、四言、六言、八言、九言之句，跳脫固定的詩型，僅僅維持最低限的規律，不故作新奇，然而強調言之有物：

孰謂我詩詩　我詩是非詩
知我詩非詩　始可與言詩（413首）

可憐好丈夫　閒居好題詩
古風擬漢魏　近體唐作師
斐然其為章　加之以新奇
不寫心中物　雖多復何為（419首）

「我詩非詩」——我寫跟「行家」所寫不同的詩，我寫「行家」覺得醜或拙的字——這正是前面解良榮重所說，而夏目漱石在其1914年〈素人與行家〉（素人と黑人）一文中重說的：「良寬上人平生討厭詩人之詩與書家之字」（良寬上人は嫌い

なもののうちに、詩人の詩と書家の書を平生から数えてゐた）。良寬漢詩的優點即在於不在乎他人對詩的定義，而能從容、靈活「抒寫心中物」，和古來「詩言志」、詩乃心之聲的漢詩基本理念一致，與日本其他漢詩作者大有所別。

良寬以和歌抒發情感，而用漢詩表達思想（雖也不乏以漢詩吟詠情懷之作）。他的漢詩如實呈現了他的人生觀、社會觀，具有冷徹的觀察力與宏大的想像力，飽富思想性與對人間的愛。他灑脫、純真的人格浮現其間，時時讓讀者安居於他恬淡、自在、清澄的詩境中，被視為日本漢詩人中佔有最高位置者，許多日本人將他與李白、杜甫並列。我們欣然同意他們（以及他們諸多血親）屬於同一個詩的家族，且欣喜他們從年少時——一直到五十歲、六十歲、七十歲——即記得以詩為明信片，互寄家書：

東風踏青罷　閒倚案頭眠
主人供筆硯　為題醉青蓮（493首：李白贊）

異哉　瞻之在前忽然在後
其學也切蹉琢磨　其容也溫良謙讓
上無古人下無繼人　所以達巷纔嘆無名
子路徒閉口　孔夫子兮孔夫子　太無端
唯有愚魯者　彷彿窺其室（500首：孔子贊）

自出白蓮精舍會　騰騰兀兀送此身
一枝烏藤長相隨　七斤布衫破若煙

幽窗聽雨草庵夜　大道打毬百花春
前途有客如相問　比來天下一閑人（371首）

風定花尚落　鳥啼山更幽
觀音妙智力　咄（363首）

棄世棄身為閑者　與月與花送餘生
雨晴雲晴氣復晴　心清遍界物皆清（425首）

花無心招蝶　蝶無心尋花
花開時蝶來　蝶來時花開
吾亦不知人　人亦不知吾　不知從帝則（489首）

世上榮枯雲變態　五十餘年一夢中
疏雨蕭蕭草庵夜　閑擁衲衣依虛窗（374首）

閃電光裡六十年　世上榮枯雲往還
岩根欲穿深夜雨　燈火明滅古窗前（451首）

回首七十有餘年　人間是非飽看破
往來跡幽深夜雪　一炷線香古窗下（457首）

五

如果只能用兩個字描繪良寬，我們願用「良寬」兩字。

良寬：良而且寬。如果不能用「良寬」兩字，我們願用「任真」。任真：隨性、任性，順其自然。這是良寬的ID，簽名式，小缽上的記號，信用卡（公開的）密碼。他信任我們任意刷其卡，提其款。

然而良寬並非天生任真、灑脫。

良寬的個性當然有富童心、無邪的一面，但也有孤獨、憂鬱的一面。少年時的良寬即已顯現耿直、寡默、執著的詩人氣質，並為其而苦，後來父親投水自盡，承繼家業的大弟財產被沒，山本家一蹶不振，這些都令人難開朗。出家求「解」的良寬一直在練習解題、不斷有惑的路上。他「出家離國訪知識」（431首），返鄉歸居五合庵，他「唯求／孑然獨立／秋之庵」（074首）；山間草庵中，他時感孤寂，思友、盼友至（121、150、151、154、159、180、181、182、202、203、229、235、255、256、259首，427、477首），頻頻想下山訪友（006首），或與世間人同在花樹下（「今日，我也要／動身往春山，和／世間人同賞花」，007首）；暮年病榻上，他殷殷期盼不施胭脂的忘年紅粉知己至（346、347首）。訪知識，訪友，盼友至，盼伊人至，求獨立，求心靜、心定——訪，盼，求……但「任真」兩字中的「任」是無所求、不強求啊！求是繩子的一頭，任是看不見的、無形的另一頭；求與任，求與無所求之間，永恆、透明的拔河，拉扯！

良寬是經由不斷練習解題，經由人生路上一步步修煉，「身心脫落」，而漸至灑脫，飄逸，任真之境的。日本曹洞宗道元祖師當年赴中國求道，聞其師如淨禪師責罵坐在他旁邊的同門：「坐禪不是這樣坐的！一旦坐下，就要坐到身心脫

落,坐到整個身心世界蕩然無存!」道元旁聽此話彷彿受電擊,起身後捧香入如淨禪師房,說:「身心脫落來!」

1828年11月,日本新潟三條大地震,死傷四千餘人,房屋毀逾三萬四千間,悲痛的良寬為此寫了多首短歌與漢詩:

啊,但願能／扣留下眾人的／悲嘆、怨恨,／讓我一人／承受!(283首)

若我驟死／便罷——但我／倖存,要長久地／憂睹、領受／人間悲苦……(284首)

日日日日又日日　日日夜夜寒裂肌
漫天黑雲日色薄　匝地狂風卷雪飛
惡浪蹴天魚龍漂　牆壁鳴動蒼生哀
四十年來一回首　世移輕靡信如馳
況怙太平人心弛　邪魔結黨競乘之
恩義頓亡滅　忠厚更無知
論利爭毫末　語道徹骨痴
慢己欺人稱好手　土上加泥無了期
大地茫茫皆如斯　我獨鬱陶訴阿誰
凡物自微至顯亦尋常　這回災禍尚似遲
星辰失度何能知　歲序無節已多時
若得此意須自省　何必怨人咎天效女兒(459首:地震後詩)

良寬在11月18日把上面第二首短歌寄給友人山田杜皋時，附了一段話：「然而，災難來臨時即面對災難，死亡臨頭時即接受死亡，此乃避開災難之妙法也」。此話讀之令人驚。翻成大白話就是：「該遭殃就遭殃，該死就死，這就是避災之道！」

良寬為大地震所寫的這些詩、文，深懷釋迦的慈悲，儒家憂世、淑世之心，但也露出老莊無為、順其自然的「齊生死」雙面刃。這是「任」的極致，「該死就死」，真是既慈悲又殘酷。

良寬底下這首詩，讓本書編譯者在閱讀、作注時，真的隨良寬所述之句「不覺淚沾巾」：

坐時聞落葉　靜住是出家
從來斷思量　不覺淚沾巾（487首）

靜住是出家。靜下來就能詩意地、俳句地、和歌地居住，任性，任真……但多不容易啊，要多長時間，要斷絕多少悋念，一次次，一遍遍殺自己，一小塊、一小塊地殺死自己，直至身心脫落，飄逸、無心，良而且寬。

*

良寬在日本之所以地位崇高，一方面是因為他匯聚了不同詩歌文類、不同古典選集與詩人的詩歌元素，讓它們多層次地交錯串聯，以此織構出其獨一無二的詩歌世界。他的詩作看似簡單，其實許多都蘊含被提煉、妙化後的豐富感性。

他從自身經驗的諸多面向取材，以靈活新鮮的方式化用各路經典，鮮有人能像良寬這樣成功融合廣泛的詩歌素材，創作出質地豐美的各類佳作。另一方面，大愚、灑脫、獨來獨往的良寬，體現了日本民族的特質 —— 單純，良善，可信賴 —— 這些至今仍被日本各階層民眾所珍惜，視為日本精神的核心要素，因此良寬廣受現代日本人喜愛。

除此之外，還由於他是禪宗的代表性人物。不同於其他知名高僧，良寬從未建寺院、立門派、訓練門徒，也無宗派之見，他遵曹洞宗自力坐禪，也隨淨土宗唸南無阿彌陀佛。他從不說經講道或立文字說法。事實上，他似乎刻意避免談佛說禪。他不言傳，只是「身教」。他的生活本身，他詩歌中、他書法中流露的他的性情、他的生命風格，就是最好、最高的說教。他的人生與他的藝術合而為一，以「非說教的說教」拂沐、教化人間。

良寬經常被世人貼上不同標籤：怪咖，革新者，苦行僧，大愚，乞丐。然而這些稱號都過於狹隘。拜廣泛流傳民間的那些關於良寬古怪行徑的趣聞逸事之賜，許多人或視良寬為「一怪」（一如我們的「揚州八怪」），但良寬深深瞭解自己以及周遭人世，他從未排斥理性思維，神志清明，通情達理。他是革新者，有著厭惡外在框架限制的反叛精神，但他理解順從和虔敬的價值與自由同樣可貴；他知道人生是一連串的選擇，但他也知道必須順應自然，為更高、更大的和諧做出選擇。他是苦行僧，以粗茶淡飯維生，但他也明白嚴苛的禁食會傷身，而身傷易生歹念。他是大愚，連孩童都喜歡捉弄他，但他其實大智若愚，「盡在不言中」是他對旁人看

法的答覆。他是乞丐，大半輩子生活窮困，但在精神層次上，他是貴族，挨家挨戶托缽行乞時，他挺直身子，「心拋萬乘榮」（403首），天子的榮耀也不足羨。

良寬超越所有的定義，他拒絕片面地看待人生，他忠於那化矛盾為諧合的「大真」。人們常稱良寬為「禪」師——這樣的稱謂似乎也還不足，無法盡括其偉大之處。他無法界定；「天上大風」也許就是他一生的風貌。

*

這本《天上大風：良寬俳句・和歌・漢詩500首》的詩歌文本，主要參照日本春秋社1996年初版、2014年新裝版，谷川敏朗（1929-2009）校注的三本良寬詩歌集：《良寬全句集》（收良寬俳句107首，厚286頁）、《良寬全歌集》（收良寬和歌1353首，厚480頁）、《良寬全詩集》（收良寬漢詩483首，厚528頁）；選錄的詩作呈現順序也參考此三書，俳句依季節序，和歌、漢詩以年代別。谷川敏朗書中的注釋與解說給我們甚多啟發。網路上，日本「良寬記念館」（良寬紀念館）、「良寬樣の部屋」（良寬之屋）、「良寬ワールド」（良寬世界）等網站豐富的資料，以及美國維吉尼亞大學「良寬歌集」日文電子文本網頁，都給我們不少幫助。這是近幾年來我們持續譯介日本詩歌的第十種，不敢求十全十美，但求良／寬有時。

俳句110首

【新年之句】

001

平平淡淡過日子
渾然不知歲末至,直到
今朝——新春第一天!

☆のっぺりと師走も知らず今朝の春

nopperi to / shiwasu mo shirazu / kesa no haru

譯註:「のっぺり」(nopperi),平坦、平淡、單調;「師走」(shiwasu),陰曆十二月、臘月;「知らず」(shirazu),「不知」之意,「ず」(zu)表示否定;「今朝の春」,指元旦的早晨(新春第一天),或立春的早晨。

002

即使未撲脂粉,
老鼠的臉白白——
新娘般福氣洋洋

☆よそはでも顔は白いぞ嫁が君

yoso wa demo / kao wa shiroi zo / yomegakimi

譯註:日文「嫁が君」(yomegakimi,字面上的意思是「新娘是你」),指老鼠,是日本人為討吉祥,正月頭三天裡對老鼠的暱稱。日本人視老鼠為「大黑天」(だいこくてん/daikokuten,七福神之一的財神)的使者。

003
　　春雨：門口的
　　松枝與
　　注連繩，鬆垂……

☆春雨や門松の注連ゆるみけり
harusame ya / kadomatsu no shime / yurumikeri

譯註：日本人正月新年期間，各戶門口會擺置松枝或竹子，稱為「門松」(kadomatsu)，為年節的裝飾，迎神祈福的標誌。「注連」(shime)，又稱注連繩、標繩，用稻草編製而成的繩子，新年期間放在門口趕走厄運。「ゆるみけり」（弛みけり：yurumikeri），鬆弛、鬆掉了。此首俳句用了表示春天的「春雨」與表示新年的「門松」兩個季語，但「門松」的季語感似乎更強些。日本人稱正月最初七日為「松の內」，此詩流露出春雨中門松鬆垂，正月新年氣氛行將流逝之感。

【春之句】

004
水面上亂織出
各式各樣波紋
——啊,春雨

☆水の面にあや織りみだる春の雨
mizu no mo ni / ayaori midaru / haru no ame

譯註:「あや織り」(綾織り:ayaori),織成斜紋、紋樣交織;「みだる」(乱る:midaru),紛亂、紊亂。

005
春雨——
我靜靜撫摸
我的破瓢

☆春雨や静になづる破れふくべ
harusame ya / shizukani nazuru / yarefukube

譯註:「なづる」(撫づる:nazuru),撫摸;「破れふくべ」(破瓢:yarefukube),即破葫蘆。春雨綿綿,無人來訪良寬。詩人靜靜撫瓢思人——他的破瓢如今是他唯一好友,陪他在其庵中度日。可比較俳聖芭蕉1686年所寫俳句——「我所有者唯一/葫蘆——我/輕飄飄的世界」(ものひとつ我が世は軽き瓢哉)。

006

春雨——
突興
訪友之念……

☆春雨や友を訪ぬる想ひあり
harusame ya / tomo o tazunuru / omoi ari

譯註:「われ」(ware),我;「まぢらむ」(交じらむ／混じらむ:majiran),加入、參與。良寬在其「五合庵」內眺庵外春雨不斷。寒冬已過,村中友人們不知都做些什麼,詩人突興訪友之念。

007

今日,我也要
動身往春山,和
世間人同賞花

☆出でわれも今日はまぢらむ春の山
ide ware mo / kyō wa majiran / haru no yama

譯註:「われ」(ware),我;「まぢらむ」(交じらむ／混じらむ:majiran),加入、參與。良寬出家為僧,照說應已看破紅塵,對世間諸般情、色,應能適當斷捨離,但居然仍為春花所誘,動念起身混入春山賞櫻俗眾中。此詩呼應了小林一茶1819年(一茶57歲,良寬62歲)所寫名句「在盛開的／櫻花樹下,沒有人／是異鄉客」(花の陰赤の他人はなかりけり)。櫻花之美召喚眾生,僧俗無別。

008
　　新池——
　　青蛙躍進：
　　無聲

☆新池や蛙とびこむ音もなし
araike ya / kawazu tobikomu / oto mo nashi

譯註：原詩可作「新池や／飛び込む／音も無し」。良寬此詩顯為芭蕉名句「古池——／青蛙躍進：／水之音」（古池や蛙飛びこむ水の音）的諧仿。

009
　　夢醒——
　　聽見遠遠的
　　蛙鳴……

☆夢覚めて聞けば蛙の遠音哉
yume samete / kikeba kawazu no / tōne kana

010

 孩子們啊,孩子們
 你們一個接一個
 來跟杜鵑花握手!

☆子らや子ら子らが手を取る躑躅かな
kora ya kora / kora ga teotoru / tsutsuji kana

011

 山村
 盡淹沒於蛙鳴
 聲中……

☆山里は蛙の声となりにけり
yamazato wa / kawazu no koe to / narinikeri

012

　　今日不來
　　明日梅花即已從
　　枝頭四散

☆今日来ずば明日は散りなむ梅の花

kyō kozuba / asu wa chirinan / ume no hana

013

　　盎然眾綠中，
　　白
　　木蘭花盛開

☆青みたるなかに辛夷の花ざかり

aomitaru / naka ni kobushi no / hanazakari

譯註：「なか」（中：naka），中、當中。木蘭花為辛夷花之別名，先開花，花謝後才長葉，花開時滿樹潔白，毫無雜色。

014

　　雪水積留的
　　草地，筆頭草
　　冒出頭探春

☆雪しろのかかる芝生のつくづくし
yukishiro no / kakaru shibau no / tsukuzukushi

譯註：「雪しろ」（yukishiro），即「雪汁」（yukishiru），雪水。「かかる」（掛る／係る：kakaru），沾附著、覆蓋。「芝生」（shibau），即草地。「つくづくし」（土筆：tsukuzukushi），即筆頭菜、筆頭草、馬尾草、問荊，春天時生長得很快，繁殖力超強的孢子植物。

015

　　雪水，聚攏於
　　筆頭草滋長的
　　新生的枯野

☆雪しろの寄する古野のつくづくし
yukishiro no / yosuru furuya no / tsukuzukushi

譯註：「寄する」（yosuru），聚集、聚攏；「古野」（furuya），意指「古老的田野」或「荒廢的原野」。

016

雪化為水——
古野上，筆頭草
紛紛破土而出

☆雪汁や古野にかかるつくづくし
yukishiru ya / furuya ni kakaru / tsukuzukushi

譯註：良寬這幾首寫雪水、筆頭草的俳句，生動呈現了筆頭草或春天的生命力。雪融化為水，大地欣然復甦！可比較小林一茶1814年這首俳句——「雪融了，／滿山滿谷都是／小孩子」（雪とけて村一ぱいの子ども哉）。

017

鶯啼將我從
夢中喚醒：美妙的
朝响，朝餉！

☆鶯に夢さまされし朝げかな
uguisu ni / yume samasareshi / asage kana

譯註：「朝げ」（朝餉：asage），即早餐、早食、早晨的食物。此詩頗美妙，以黃鶯的「朝响」為「朝餉」。

018

啊,黃鶯——
百人中
竟無一人察覺!

☆鶯や百人ながら気がつかず
uguisu ya / hyakunin nagara / kigatsukazu

譯註:此詩中的「百人」,亦可解作藤原定家(1162-1241)所編的知名和歌選集《小倉百人一首》。良寬愛鶯、也愛詠鶯,但《小倉百人一首》中百人歌作竟無一首寫到鶯。

019

天明,梅花
香——昨日傍晚的
櫻花香氣仍在……

☆梅が香の朝日に匂へ夕桜
umegaka no / asahi ni nioe / yūzakura

譯註:一首俳句中通常會出現一個表示季節的「季語」,此詩出現兩個春天的季語(「梅が香」與「夕桜」),比較特別。

020
 世間
 映眼皆
 櫻花！

☆世の中は桜の花になりにけり

yononaka wa / sakura no hana ni / narinikeri

譯註:「世の中」（yononaka：世間、人世），指紅塵俗世。春來，四處櫻花開，熙熙攘攘的人間更顯華美、熱鬧，居於靜僻僧庵的良寬不能與「世中」人同歡樂，也許不免有寂寞之感。本詩可與前面第007首俳句對照閱讀。

021

　　山中繁櫻燦開——
　　新酒啊、新酒啊之聲
　　在杉林中迴盪……

☆山は花酒や酒やの杉ばやし
yama wa hana / sakeya sakeya no / sugibayashi

譯註：此首俳句音響豐富，耐人尋味，十七個音節中包含十一個「a」音，且飽富雙關之趣。「酒や」（酒屋／さかや：sakeya），指酒坊、釀酒廠、釀酒兼批發的商店，與意為「開花吧」的「咲けや」（さけや，sake ya）諧音，為「掛詞」（雙關語）；「杉ばやし」（杉林／すぎばやし：sugibayashi），既指杉樹林，也是「酒ばやし」（酒林／さかばやし：sakabayashi）——將杉樹枝葉紮捆成球狀，作為酒館招牌、看板掛在簷下之物——的別稱；「ばやし」（bayashi），與「囃し」（囃子／はやし：hayashi）——以笛、鼓、三味線等樂器伴奏的歌謠——諧音，也是掛詞。通常酒屋會在新酒釀成、上市時換掛新的「酒林」，此首俳句像一首熱鬧非凡的「花見酒」（賞櫻酒）祝歌，要面面俱到翻成中文或其他語言幾乎是不可能之事。

022

　　如果都一樣，
　　願在櫻花
　　樹下一夜眠……

☆同じくば花の下にて一とよ寝む
onajikuba / hana no moto nite / hitoyo nen

譯註：十二世紀的西行法師（1118-1190）是良寬甚為景仰的詩人。西行有一首頗有名的辭世短歌──「願在春日／花下／死，／二月十五／月圓時」（願はくは花の下にて春死なむその如月の望月の頃），表達皈依佛陀的強烈意念（陰曆二月十五日是佛陀釋迦牟尼入滅日）。詩僧良寬此首俳句意謂「如果終須在同一個野地入眠，我願在櫻花樹下安然一夜眠」，顯然是私淑西行，心嚮往之，向其致敬之作。「一とよ」即「一夜」（hitoyo）。

023

欲知須磨寺
往事，且問
山櫻花

☆須磨寺の昔を問へば山桜
sumadera no / mukashi o toeba / yamazakura

譯註：此句為良寬遺墨《須磨紀行》之前言，為良寬詣須磨寺時所作。須磨寺在今兵庫縣神戶市，即上野山福祥寺，有名貴文物平敦盛的青葉笛。附近須磨關為著名的源氏與平家「一谷會戰」古戰場，敵對的兩位平安時代末期武將中，熊谷直實為關東第一武者，平敦盛則年僅十五，姿容端麗，擅吹橫笛。與直實對陣的敦盛被打落馬下，直實急於割取對手首級，掀敦盛頭盔，見其風雅俊朗，年輕的臉上全無懼色，又見其腰間所插橫笛，乃知昨夜敵陣傳來之悠揚動人笛聲乃其所吹奏。直實不忍殺之，請其快逃，為敦盛所拒。直實為免敦盛受他人屈辱，遂取敦盛首級，潸然淚下，拔敦盛腰間之笛，吹奏一曲，黯然而去。俳聖芭蕉1688年所寫《笈之小文》中有一首詠此笛之句——「須磨寺：樹蔭／暗處，傳來未吹而／響的青葉笛聲」（須磨寺や吹かぬ笛聞く木下闇）。須磨寺前有紫式部（約970-1014）《源氏物語》第12帖「須磨」中所述的光源氏手植的「若木の桜」（小櫻花樹）。另有古句「須磨寺——／櫻花綻放／區區兩三株……」（須磨寺や咲く花もただ二木三木），或也是閃現於良寬腦中的靈感來源。

024
　　神社
　　木蘭花叢中
　　櫻花散落

☆この宮や辛夷の花に散る桜

kono miya ya / kobushi no hana ni / chiru sakura

譯註：木蘭花與櫻花同時節開放，此首俳句中後謝的木蘭，其純白聖潔的花色與神社讓人同生莊嚴、敬仰之感。

025
　　落櫻，
　　殘櫻，
　　皆落櫻……

☆散る桜残る桜も散る桜

chiru sakura / nokoru sakura mo / chiru sakura

譯註：此詩為良寬名句之一。「散る桜」（chiru sakura），落櫻，散落之櫻；「残る桜」（nokoru sakura），殘櫻，殘留枝上、尚未散落之櫻花。榮與枯、燦爛與空無，是「禪」這枚蟬翼般輕盈、透明銀幣之兩面——「瞬間之美」是它輝映出的唯一利息。

026

且採一籃
吉野村櫻花
作為土產

☆苞にせむ吉野の里の花がたみ
tsuto ni sen / yoshino no sato no / hanagatami

譯註:「苞」(tsuto),土產;「花がたみ」(花筐:hanagatami),花籃、花籠,盛放花的籃子。良寬年輕時有紀行文《吉野紀行》,記其訪賞櫻名勝吉野事。良寬敬仰的詩人西行與芭蕉皆有詠吉野櫻花之作。西行《山家集》裡有「花歌」二十七首,其一如右——「自從彼日見／吉野山上／櫻花綴滿枝頭,／我的心便／離我身而去」(吉野山こずゑの花を見し日より心は身にもそはず成りにき)。芭蕉《笈之小文》裡此膾炙人口之句——「帶你賞／吉野之櫻——／檜木笠」(吉野にて桜見せうぞ檜木笠),恐亦誘發了青年良寬亦步亦趨的詩心。《笈之小文》裡另有一首欲以所遊名勝美麗風物為「土產」的俳句——「龍門瀑布花／燦放——摘予／酒仙伴手歡」(龍門の花や上戸の土產にせん)。

【夏之句】

027

誰在聆聽
茭白筍田裡
叫叫子的叫聲?

☆誰れ聞けと真菰が原の行行子
tare kike to / makomo ga hara no / gyōgyōshi

譯註:「真菰」(makomo)即茭白(筍),生長於水邊的多年生草本植物;「行行子」(gyōgyōshi)即葦鶯或「叫叫子」,為頗聒噪之鳥。良寬是有民胞物與之心的詩人、僧人,葦鶯叫聲聽在人耳裡雖聒噪、難忍,但良寬覺得它似也在呼朋引伴。聽取它叫聲的是野地裡哪個地方、哪一隻或哪一些叫叫子?

028

晌午時分
茭白筍田裡,叫叫子
鳴叫不停

☆真昼中真菰が原の行行子
mahiru naka / makomo no naka no / gyōgyōshi

029

　　眾人皆如是——
　　你睡覺，它們偏偏
　　亂叫，啊叫叫子……

☆人の皆ねぶたき時の行行子
hito no mina / nebutaki toki no / gyōgyōshi

譯註：叫叫子（葦鶯）在繁殖期日夜鳴叫，甚為惱人。俳聖芭蕉在1691年所作《嵯峨日記》中有一首俳句即寫因叫叫子亂鳴而不得好眠——「我庸才無能，只想／得一好眠——叫叫子／鳥啊，幹嘛叫不停？」（能なしの眠たし我を行行子）。良寬此句顯然同情呼應、芭蕉翁百年前之「困／睏」境。

030

　　啊，這水榭旁的
　　杜若花
　　讓我醉……

☆かきつばた我れこの亭に酔ひにけり
kakitsubata / ware kono tei ni / yoinikeri

譯註：「かきつばた」（杜若：kakitsubata），即杜若花或燕子花，在此詩中讓人感覺有女性之姿。良寬在友人院宅亭中與諸友人飲酒歡談，醉意中似浮現對家鄉或遠方某個女子的思念。

031
  正午：
  罌粟花輕輕靜靜
  散落

☆真晝中ほろりほろりと芥子の花

mahiru naka / horori horori to / keshi no hana

譯註：「ほろりほろり」（horori horori），擬態語，輕輕散落貌。

032
  雨蛙的叫聲
  和洗鍋
  刮擦聲交鳴

☆鍋みがく音にまぎるる雨蛙

nabe migaku / oto ni magiruru / amagaeru

譯註：「みがく」（磨く：migaku），刷、擦、磨；「まぎるる」（紛るる：magiruru），混雜、攪混；「雨蛙」（amagaeru），又稱綠蛙，一種體型小的綠色青蛙。雨蛙鳴讓人感覺雨將至。

033

夏夜──
數身上的跳蚤
到天明

☆夏の夜や蚤を数へて明かしけり
natsu no yo ya / nomi o kazoete / akashikeri

034

風鈴聲
響──三四尺外
幾根綠竹晃動

☆風鈴や竹を去事三四尺
fūrin ya / take o saru koto / san shi shaku

譯註:此詩為良寬1811年之作,可能寫於庭園廣闊的友人原田鵲齋家。此詩中,風鈴的音色與綠竹的顏色相映,聽覺、視覺交鳴,讓人耳目一新。

035
　　莫忘此
　　清涼——啊,
　　今歲新竹

☆涼しさを忘れまひぞや今年竹

suzushisa o / wasuremai zo ya / kotoshidake

譯註:「今年竹」(kotoshidake),今年新生之竹。此詩表達了良寬對自然本性的珍視,他期待青翠的新竹永保其清涼本性。

036
　　五月雨——
　　鳰巢
　　四處浮……

☆鳰の巢のところがへする五月雨

nio no su no / tokoro gaesuru / samidare

譯註:「鳰」(にお:nio),中文音同「入」,即鸊鷉(音「譬梯」),是一種水鳥,羽毛鬆軟如絲,嘴細直而尖,翅短圓,能飛卻不善飛,迫不得已而飛時飛得很低,幾乎貼著水面。冬季棲息於溪流,夏季到湖沼中繁殖,在水面以枝、葉等築浮巢。「ところがへする」(所替えする:tokoro gaesuru),位置變動之意。「五月雨」(samidare),即連綿不停的梅雨,令鳰巢水中漂,不斷變換寄居之所。

037

  急躁、聒噪的小孩
  永遠抓不到今年
  第一批螢火蟲

☆さわぐ子の捕る知恵はなし初ほたる
sawagu ko no / toru chie wa nashi / hatsuhotaru

譯註：原詩可作「騒ぐ子の／捕る知恵は無し／初螢」。「さはぐ」（騒ぐ：sawagu），吵嚷、喧鬧、騷動；「知恵」（chie），智慧；「初ほたる」（初螢：hatsuhotaru），今年第一批螢火蟲。

038

  夏日薰風
  把一朵白牡丹
  送進我湯裡

☆青嵐吸物は白牡丹
seiran / suimono wa / hakubotan

譯註：「青嵐」（seiran），初夏薰風；「吸物」（suimono），湯、清湯。

039

　　凌霄花艷放──
　　小鳥停在
　　籬笆上

☆凌霄花に小鳥のとまる門垣に
nōzenka ni / kotori no tomaru / kadogaki ni

譯註:「凌霄花」(nōzenka),又名紫葳,紫葳科蔓生落葉植物,夏天開橘紅色漏斗狀花。「とまる」(止まる:tomaru),棲止、停留。

040

　　今夜醉臥
　　此處嗎──啊,
　　嫣紅蓮花

☆醉臥の宿はここか蓮の花
yoibushi no / yadori wa koko ka / hasunohana

譯註:良寬此詩變奏了其父以南之句「醉臥の宿はここぞ水芙蓉」(今夜醉臥/此處嗎──啊,/嫣紅水芙蓉)。芙蓉,生於水者稱水芙蓉,即荷花、蓮花;生於陸者稱木芙蓉、醉芙蓉,花色一日三變,清晨白色,中午似嘗酒微醺轉桃紅,傍晚不勝酒力變為紅色。此詩趣寫酒醉臉紅如蓮,醉臥蓮花嫣紅處之畫面。「ここ」即「此処」(koko)。

041

　　我願陪蓮花
　　與妙音鳥一路
　　行到我家……

☆わが宿へ連れて行きたし蓮に鳥
waga yado e / tsurete yukitashi / hasu ni tori

譯註：蓮花在佛教裡是極樂淨土的象徵。極樂淨土有聲音美妙的人面鳥「迦陵頻迦」，意譯為妙音鳥、妙聲鳥。在此詩中，良寬可能看到一幅繪有極樂世界蓮花與妙音鳥之畫，想將之迎回自己所住之庵。「わが」（我が：waga），我的。

042

　　晚風涼兮——
　　鐵缽裡
　　明日的米

☆鉄鉢に明日の米あり夕涼み
tetsubachi ni / asu no kome ari / yūsuzumi

譯註：「あり」（有り：ari），有、在。

043

　　手搧累了——
　　該把扇子
　　擱置在什麼地方？

☆手もたゆくあふぐ扇の置きどころ
te mo tayuku / aogu ōgi no / okidokoro

譯註：西漢班婕妤有詩〈怨歌行〉，自比為秋後的扇子，擔心再也得不到漢成帝寵愛——「新裂齊紈素，鮮潔如霜雪。裁為合歡扇，團團似明月。出入君懷袖，動搖微風發。常恐秋節至，涼飆奪炎熱。棄捐篋笥中，恩情中道絕。」日本古典詩中，扇為夏天的季語，秋扇——稱為「置き扇」（oki ōgi，被擱置的扇）或「忘れ扇」（wasure ōgi，被遺忘的扇）——則為初秋的季語。此處良寬諧趣地把自己用的扇比作棄婦。「たゆく」（懈く：tayuku），疲累、發酸；「あふぐ」（あおぐ／扇ぐ：aogu），搧、搧風。

044

　　晝顏花──
　　其風情得之於
　　朝露或夕露？

☆昼顔やどちらの露の情やら
hirugao ya / dochira no tsuyu no / nasake yara

譯註:「昼顔」(hirugao)為花名,中文稱蘺天劍或打碗花,乃旋花科多年生草本,自生於路邊、原野等地,正午開,傍晚謝。因此,事實上可能無緣承接朝露或夕露任何一方的恩澤。「どちら」即「何方」(dochira)。

045

　　松葉,孤寂地
　　散落於無人在家的
　　屋門口

☆留主の戸に独り寂しき散り松葉
rusu no to ni / hitori sabishiki / chiri matsuba

譯註:「留主」(留守:rusu),指外出、不在家、無人在家。

【秋之句】

046
　　一起來吧，
　　忘卻暑氣：
　　盂蘭盆節舞踊

☆いざさらば暑さを忘れ盆踊

iza saraba / atsusa o wasure / bonodori

譯註：「盆踊」（bonodori），盂蘭盆節時（陰曆七月十五日前後數日間）大家所跳之舞。

047
　　盂蘭盆節舞踊──
　　繫上布手巾
　　將年紀藏起……

☆手ぬぐひで年をかくすや盆踊

tenugui de / toshi o kakusu / ya bonodori

譯註：「手ぬぐい」（手拭い：tenugui），手拭巾、布手巾，日本特有的用來擦手、臉、身體的薄棉布；「かくす」（隱す：kakusu），隱藏。此首俳句可與本書第302首良寬和歌對照閱讀。

048

萩花與芒草——
真想一直看著它們
直至露珠成形

☆萩すすき露のぼるまで眺めばや
hagi susuki / tsuyu noboru made / nakame baya

譯註:「萩」(はぎ:hagi),萩花,開赤紫色、白色小花,與「すすき」(薄:susuki,芒草)——發銀白色花穗——皆屬日本「秋の七草」,秋天開花的七種草。「のぼる」(上る:noboru),升起、冒出;「まで」(迄:made),直到、為止;「ばや」(baya),表示願望的終助詞。

049

萩花與芒草——
請做我前行之路的
路標!

☆萩すすきわが行道のしるべせよ
hagi susuki / waga yuku michi no / shirube seyo

譯註:「しるべ」(導/標:shirube),指引、路標;「せよ」(seyo),「する」(為る:suru,做)的祈使形,意為「請做……」。茂密的夏草遮掩了去路,詩人期盼以萩花與芒草為路標。

050

　　下雨天——
　　破瓢啊,我們聊聊
　　古昔事吧

☆雨の日や昔を語らむ破れふくべ

ame no hi ya / mukashi o kataran / yarefukube

譯註:下雨天,無人來訪,詩僧良寬乃邀其破瓢一起聊聊往昔聖賢事——首先浮現的當是「一簞食,一瓢飲,在陋巷」不改其樂的顏回。雨中靜坐庵內的良寬與其破瓢聊的,也有可能是自己的往事。

051

　　顏回的瓢——
　　令人思慕的
　　器物!

☆顔回がうちものゆかし瓢哉

gankai ga / uchimono yukashi / fukube kana

譯註:「うちもの」(打ち物:uchimono),指「雅樂」中使用的鐘、鼓等打擊樂器;另亦指打造、鍛鑄出的器物;「ゆかし」(床し:yukashi),令人思慕的。顏回生活簡樸,貧而安而樂,陋室中一簞、一瓢,也直如廟堂鐘鼓了!

052
　　我的愛情啊
　　彷彿用葫蘆捕泥鰍
　　一按即滑走

☆我が恋は瓢で泥鰌を押す如し
waga koi wa / fukube de dojō o / osu gotoshi

譯註:「瓢」(fukube)即葫蘆,「泥鰌」(dojō)即泥鰍;「押す」(osu),按壓;「如し」(gotoshi),如同。「用葫蘆捕泥鰍」(瓢で泥鰌を押す)意近日本諺語「瓢箪で鯰を押さえる」或「瓢箪鯰」——用葫蘆按捕鯰魚——想用圓溜溜的葫蘆按住黏滑滑的鯰魚,顯然是不得要領,徒勞無功之事。良寬此詩呼應室町時代(1338-1573)畫僧如拙所繪國寶級水墨畫《瓢鯰圖》。幕府將軍足利義持命其以「用葫蘆按捕鯰魚」為題材作畫,並召來京都五山的三十一位禪僧為此畫作序題贊,破解此「瓢箪鯰」公案。良寬一生與愛似乎無緣。晚年與小他四十歲的貞心尼結識,收其為「愛徒」,但恐止於精神之愛。愛情的泥鰍,算是在他生命最後與他擦身相遇,短暫黏觸。關於良寬與貞心尼,參閱本書第325至350首之和歌。

053
 夕暮——
 秋風
 颯颯吹

☆秋風のさはぐ夕べとなりにけり

akikaze no / sawagu yūbe to / narinikeri

譯註:「さはぐ」(騷ぐ:sawagu),喧鬧、騷動、風颯颯吹之意。

054
 隻影
 獨立
 秋風中

☆秋風に独り立ちたる姿かな

akikaze ni / hitori tachitaru / sugata kana

譯註:「姿」(sugata),姿態、身影。

055

　　受戒出家，
　　秋風中
　　摩頂獨立

☆摩頂して独り立ちけり秋の風
machō shite / hitori tachikeri / aki no kaze

譯註:「摩頂」(machō)為佛教的一種傳法式，釋迦牟尼佛以大法囑付菩薩摩訶薩時，用右手摩其頂，故後世佛教授戒時，也摩受戒者的頂，傳為定式。另,《孟子・盡心篇》有「墨子兼愛，摩頂放踵，利天下為之」之句——此「摩頂」即磨損頭頂，不辭勞苦之謂。良寬以佛教語「摩頂」表示自己受戒出家，並將其與儒家為眾生「摩頂放踵」之教誨融而為一，自勉自省。

056

　　修葺屋頂——
　　睪丸
　　在秋風中萎縮……

☆屋根引の金玉しぼむ秋の風
yane hiki no / kintama shibomu / aki no kaze

譯註:「屋根引」(yane hiki)，指修葺屋頂，或者修葺屋頂的工人;「金玉」(きんたま:kintama)，睪丸的俗稱;「しぼむ」(萎む:shibomu)，萎縮。

057
　　採柿子──
　　睪丸
　　在秋風中發冷

☆柿もぎの金玉寒し秋の風
kakimogi no / kintama samushi / aki no kaze

譯註:「柿もぎ：柿捥ぎ」(kakimogi)，摘採柿子。

058
　　高澄的秋空下
　　老樹林參天──
　　籬笆低低

☆秋高し木立は古りぬ籬かな
akitakashi / kodachi wa furinu / magaki kana

059

　　高澄的秋空，
　　老樹林子，還有
　　你這座新邸宅！

☆秋は高し木立はふりぬこの館
aki wa takashi / kodachi wa furinu / kono yakata

譯註：此首俳句是良寬賀友人原田鵲齋（1763-1827）遷入分水町中島新居之作。詩人的「攝影機眼」由最上方的「秋空」，下移至「老樹林」，最後鏡頭再拉到友人新落成的的邸宅——巧妙呈現了時間、空間上一些對映的趣味。

060

　　秋夜一始，
　　兩人取筆
　　吟詩唱和⋯⋯

☆二人して筆をとりあふ秋の宵
futarishite / fude o toriau / akinoyoi

譯註：詩中的「兩人」是良寬與他的詩友原田鵲齋。秋夜漫漫，好友對酌，互詠詩歌，不覺夜長，不亦樂乎。此詩殆為深秋九月良寬訪鵲齋時所作。「とりあふ」（取り合う：toriau），互爭、唱和。

061

薄暮昏暗，
庭院裡唯
蟲聲唧唧……

☆宵闇や前栽はただ虫の声

yoiyami ya / senzai wa tada / mushi no koe

譯註：「前栽」（senzai），種有花草樹木的庭院；「ただ」（tada），只、唯。此詩可與本書第300首之和歌對照閱讀。

062

運稻船
一路划向
新月……

☆稲舟をさしゆく方や三日の月

inabune o / sashiyuku kata ya / mika no tsuki

譯註：「三日の月」（mika no tsuki），即「三日月」，指陰曆3日前後的新月。「さしゆく」（指し行く：sashiyuku），划動前行。

063

中秋月明──
在庭院背靠
芭蕉樹量身高

☆名月や庭の芭蕉と背比べ
meigetsu ya / niwa no bashō to / seikurabe

譯註：這首詩頗可愛，為良寬晚年之作。良寬一生私淑俳聖芭蕉，芭蕉在其「芭蕉庵」種植芭蕉，良寬也在自己庵室外植有一株芭蕉——以「芭蕉」為標竿，測量自己身體與詩藝的高度——算是對俳聖芭蕉的深情致敬吧！

064

中秋月明──
雞冠花
越伸越高……

☆名月や鶏頭花もにょっきにょき
meigetsu ya / keitōbana mo / nyokki nyoki

譯註：此詩寫中秋夜，赤紅的雞冠花彷彿受明月所誘，越伸越高，大大的影子投在地上。相當新奇，似是前人未曾寫過之景。「にょっきにょき」（nyokki nyoki），擬態語，形容直挺挺向上生長、越伸越高之貌。

065
　　田地裡棉花
　　雪白──這邊
　　雞冠花艷紅

☆綿は白しこなたは赤し鶏頭花
wata wa shiroshi / konata wa akashi / keitōka
譯註:「こなた」(此方:konata),此方、這邊。

066
　　秋高氣爽──
　　千雀
　　振翅有聲……

☆秋日和千羽雀の羽音かな
akibiyori / senba suzume no / haoto kana
譯註:「秋日和」(akibiyori),秋日晴朗、秋高氣爽之意;「千羽雀」(senba suzume),千隻麻雀。

067
游泳般揮舞著
雙臂前行──
啊，沙丁魚販

☆手を振って泳いでゆくや鰯売り
te o futte / oyoide yuku ya / iwashiuri

譯註：「ゆく」（行く：yuku），前行；「鰯売り」（iwashiuri），沙丁魚販。

068
三五成群，
游泳般匆忙前行──
啊，沙丁魚販

☆いく群れか泳いで行くや鰯売り
ikumure ka / oyoide yuku ya / iwashiuri

譯註：此詩有前書「在渡部村阿部氏宅邸留宿，見沙丁魚販奔跑」，寫宿於友人阿部定珍家時，見沙丁魚販們跑來跑去，叫賣剛從岸邊捕到的沙丁魚之情景。「いく群れ」（幾群れ：ikumure），三五成群之意。

069

喘吁吁地
一路爬上這裡──
啊,沙丁魚販

☆息せきと升りて来るや鰯売り

ikiseki to / noborite kuru ya / iwashiuri

譯註:此詩頗生動地描繪沙丁魚販擔著沙丁魚,氣喘吁吁、汗流浹背,行山道、爬坡的情景。「息せき」(息急き:ikiseki),氣喘吁吁。

070

夜雁噢,告訴
我,告訴我
須彌山的消息……

☆蘇迷盧の訪れ告げよ夜の雁

someiro no / otozure tsugeyo / yoru no kari

譯註:「蘇迷盧」(someiro),即須彌山,古印度教宇宙觀中位於世界中央、最高的神山,山頂為帝釋天之居所。良寬的父親山本以南(1736-1795)也是俳人,被認為是越後國一帶承續芭蕉俳風傳統的第一人,六十歲時於京都桂川投水自盡。此詩為良寬懷念亡父之作,他請從須彌山來的飛雁(被視為「常世の國」、黃泉之國使者),告訴他有關他父親的消息。此詩十七個音節中用了八個母音「o」,甚具莊嚴感。「訪れ」(otozure),音信、消息。

071

    夜雁召喚我
    和它們一起
    飛返故鄉……

☆われ喚て故郷へ行や夜の雁
ware yobite / kokyō e yuku ya / yoru no kari

譯註:「われ」(ware),我。

072

    君來時,啊
    當心路上掉落的
    帶刺殼的栗子……

☆君来ませいが栗落ちし道よけて
kimi kimase / igakuri ochishi / michi yokete

譯註:「いが栗」(毬栗:igakuri),帶刺殼的栗子——「毬」意為帶刺的外殼;「よけて」(避けて:yokete),避開、提防。詩中的「君」為良寬友人阿部定珍(1779-1838)。住在秋日山庵中的良寬,期待友人來訪,又怕路上掉落的帶刺殼栗子打中友人。參照本書第234首之和歌。

073

　　小偷忘了帶走的——
　　我窗前的
　　明月

☆盗人に取り残されし窓の月

nusubito ni / tori nokosareshi / mado no tsuki

譯註：此首為良寬最有名的俳句。據說有小偷至良寬所居五合庵行竊，「貧」僧良寬家無長物，乃脫下身上衣服連同棉被，供小偷順利完成出獵任務。作為回報，小偷「好心」地留下窗外月亮，沒順手牽走，讓良寬仍能富擁一室月色。「残されし」（nokosareshi），遺留下來的。參閱本書第428首之漢詩〈逢賊〉。

074

　　唯求

　　　　孑然獨立

　　　　　　秋之庵

☆つっくりと独り立ちけり秋の庵

tsukkuri to / hitori tachikeri / aki no an

譯註：此句言簡意深。詩僧良寬冀求他被山林所圍的秋日小庵獨立於紅塵之外，亦求自己獨立於自身俱足的「五合庵」小宇宙中，不受外惑，不為己悲。「つっくり」（tsukkuri），孑然、寂然一人。

075

　　秋之庵——
　　悠然
　　枕草眠

☆悠然と草の枕に秋の庵
yūzen to / kusanomakura ni / aki no an

譯註:「草の枕」(kusanomakura),又稱「草枕」,本意為(旅途中)露宿野外之意,此處或指束草為枕,或寢於草席上。良寬在「人生之旅」中,選擇做一個出家、托缽行乞的僧人,即便「草枕」於自己的秋庵中,也是一種遊離紅塵之外的野宿。

076

　　柴門上
　　露珠凝聚——
　　啊,秋天來了

☆柴の戸に露のたまりや今朝の秋
shiba no to ni / tsuyu no tamari ya / kesa no aki

譯註:「たまり」(溜まり:tamari),積存、凝聚;「今朝の秋」(kesa no aki),立秋(秋天第一日)的早晨。

077

　　秋日夕暮
　　白鷺一小群
　　一小群飛過

☆いくつれか鷺の飛びゆく秋の暮
ikutsure ka / sagi no tobiyuku / aki no kure

譯註:「いくつれ」(幾連れ:ikutsure),幾隻(一小群)結伴而行。

078

　　秋暮——
　　啊走吧,我也
　　回我的家

☆いざさらば我も帰らむ秋の暮
iza saraba / ware mo kaeran / aki no kure

譯註:秋暮,同遊的友人一一回各自家,鳥也飛返巢就寢,漸暗的秋色讓人不安,良寬也告訴自己——歸去吧,回到別有天地、自己安身的小庵,即便唯一人在。俳聖芭蕉和與謝蕪村同樣有詠秋暮之句——「此道,／無人行——／秋暮」(この道や行く人なしに秋の暮:芭蕉,1694);「秋暮——／出門一步,即成／旅人」(門を出れば我も行く人秋の暮:蕪村,1774)。相對於前輩俳人在詩中追求秋暮「以天地為逆旅」的旅人漂泊感,良寬的俳句並不圖此蒼涼、深沉之境,而給人另一種新的魅力。

079

　　秋來紅葉
　　如錦，啊彷彿
　　綺麗唐衣

☆紅葉葉の錦の秋や唐衣

momijiba no / nishiki no aki ya / karagoromo

譯註:「唐衣」(karagoromo)，中國風、袖大裾長之衣服，綺麗、珍貴之衣。

080

　　夕暮——
　　松黑
　　紅葉明

☆松黝く紅葉明るき夕べかな

matsu kuro ku / momiji akaruki / yūbe kana

譯註：夕暮時分，松林黝黑，紅葉鮮明。

081

秋去也——
箇中哀愁
誰與言？

☆行く秋の哀れを誰に語らまし

yuku aki no / aware o tare ni / kataramashi

譯註：秋去嚴冬至，來訪五合庵者漸少，冬日托缽亦不易，良寬遂有此「哀」嘆。此詩或可與芭蕉去世之年（1694年）所作之句「秋深——我好奇／鄰人們／怎麼過活？」（秋深き隣は何をする人ぞ）相較閱讀。

082

紅葉散落——
閃現其背面
也閃現其正面……

☆裏を見せ表を見せて散る紅葉

ura o mise / omote o misete / chiru momiji

譯註：此詩為良寬七十四歲辭世前口中吐出之句。有一種說法認為此句乃良寬生前愛引的別人之句，以此示自己對人生／自然／生死之悟。參見本書第350首此和歌之前的說明。

【冬之句】

083

漏雨……
床鋪又變得濕
又冷

☆雨もりやまた寝るとこの寒さかな
amamori ya / mata nerutoko no / samusa kana

譯註：原詩可作「雨漏りや／又寝る床の／寒さ哉」。

084

風攜來
足夠的落葉，
可以生火了

☆焚くほどは風がもて来る落ち葉かな
taku hodo wa / kaze ga motekuru / ochiba kana

譯註：小林一茶1815年（時一茶53歲，良寬58歲）也有一首類似俳句——「風送來／落葉——足夠／生火了」（焚くほどは風がくれたるおち葉哉：taku hodo wa / kaze ga kuretaru / ochiba kana），不知孰先孰後？「ほど」（程：hodo），程度；「もて来る」（持て来る：motekuru），帶來、攜來。

085
　　初冬第一場陣雨──
　　山丘無名
　　卻讓人歡喜

☆初時雨名もなき山のおもしろき

hatsushigure / na mo naki yama no / omoshiroki

譯註：原詩可作「初時雨／名も無き山の／面白き」。「おもしろき」（面白き：omoshiroki），有趣、令人歡喜。

086
　　燒柴──
　　夜色隨初冬陣雨
　　落下

☆柴焼て時雨聞夜となりにけり

shiba taite / shigure kiku yo to / narinikeri

087
日日日日
初冬陣雨降
人也老了

☆日日日日に時雨の降れば人老ぬ
hibi hibi ni / shigure no fureba / hito oinu

088
山中初冬陣雨——
酒屋酒窖
波浪深……

☆山しぐれ酒やの蔵に波深し
yamashigure / sakaya no kura ni / nami fukashi

譯註：此詩亦為詠「酒屋」（酒や：sakaya，酒坊、釀酒廠）之句。良寬的時代，釀酒業新酒大約在陰曆十月下旬造出，也是初冬陣雨降落時節。詩中「波浪深」，指酒泡洶湧波動，深達底部。嗜酒的良寬，有頗多從事釀酒業的友人。「山しぐれ」（山時雨：yamashigure），山中陣雨；「蔵」（kura），倉庫。

089

久住則安——
此際彷如身在
廬山陣雨中

☆落ちつけばここも廬山の時雨かな
ochitsukeba / koko mo rozan no / shigure kana

譯註：詩中廬山即位於江西之「天下第一名山」。白居易〈廬山草堂夜雨獨宿寄牛二李七庾三十二員外〉有句「蘭省花時錦帳下，廬山雨夜草庵中」，安居於五合庵的良寬在陣雨降於他已住慣了的國上山時，悠然中竟有置身廬山之感。「落ちつけば」，久住、安定後。

090

摧枯寒風吹——
馬背上的男子
目光堅定

☆木枯を馬上ににらむ男かな
kogarashi o / bajō ni niramu / otoko kana

譯註：此句寫一武士面對逆境的果敢、堅毅姿態。可參閱俳聖芭蕉1687年「冬日——／凍在馬背上／一個孤獨人影」（冬の日や馬上に氷る影法師）以及與謝蕪村1768年「逆狂風而馳——／五六名騎兵／急奔鳥羽殿」（鳥羽殿へ五六騎いそぐ野分哉）二句。「木枯」（kogarashi），秋末冬日寒風；「にらむ」（睨む：niramu），盯視。

091

　　冬川——
　　鷹眼銳利地從峰頂
　　盯視跳鴴

☆冬川や峰より鷲のにらみ鳧

fuyukawa ya / mine yori washi no / nirami keri

譯註:「鷲」(washi),即鷹。「鳧」(keri),一種鴴科的遷徙鳥,中文名「跳鴴」或「灰頭麥雞」——深灰的胸帶將灰色的頭、頸和白色的下腹分開,上體褐色,尾羽黑色,嘴黃色,嘴尖黑色,會單獨出現在濕地、沼澤、海岸、沙岸等地區。「にらみ」(睨み:nirami),盯視。

092

　　到別人家洗澡,
　　木屐的聲音
　　響亮——啊冬月

☆湯貰ひに下駄音高き冬の月

yu morai ni / geta ototakaki / fuyu no tsuki

譯註:「湯貰ひ」(yu morai),到別人家中洗澡;「下駄」(geta),木屐。

093
　　向附近人家討火種——
　　寒氣中
　　越橋前行

☆火貰ひに橋越て行く寒さかな
hi morai ni / hashi koete yuku / samusa kana
譯註:「貰ひ」（morai），討、央求。

094
　　今晨雪明亮，
　　籬笆上
　　小鳥群聚

☆柴垣に小鳥集まる雪の朝
shibagaki ni / kotori atsumaru / yuki no asa
譯註:「柴垣」（shibagaki），籬牆、籬笆。

095

　　莫懷疑——
　　雪花的顏色即
　　佛法的顏色……

☆疑ふな六出の花も法の色
utagau na / mutsude no hana mo / nori no iro

譯註:「六出」(mutsude),雪的別名。此詩寫於1808年,是良寬寄給詩友齋藤源右衛門安慰其喪子之痛之作,源右衛門常給良寬種種物資上的資助,其長男當年五月以十二歲之齡去世。「疑ふな」(utagau na),不要懷疑——「な」(na)表示不要。

096

　　老翁佝僂身軀
　　如被雪所壓之竹
　　深埋於寒氣中

☆老翁が身は寒に埋雪の竹
oji ga mi wa / samusa ni uzumu / yuki no take

097

敲缽敲缽
昔日如此今日如此，我
敲缽唸佛

☆鉢叩き鉢叩き昔も今も鉢叩き
hachitataki hachitataki / mukashi mo ima mo / hachitataki

譯註：「鉢叩き」（鉢叩：hachitataki），指擊缽唸佛行乞，或擊缽唸佛行乞之僧人（空也僧）。「空也僧」是京都空也堂所屬之半僧半俗修行者，修行時每腰繫葫蘆，叩缽唸佛吟唱，每年從陰曆11月13日到除夕的四十八夜中，敲缽和鉦，唸佛巡走於京都內外。

098

有人來訪
我再次
脫下頭巾

☆人の来てまたも頭巾を脱がせけり
hito no kite / matamo zukin o / nugasekeri

譯註：良寬用來保暖、防寒用的「頭巾」（ずきん：zukin），是釀酒商山田杜皋所贈。有人來訪時，良寬每將頭巾脫下，一方面表示禮貌，一方面或覺自己戴頭巾稍許尷尬。「またも」（又も：matamo），再次。

099
　　飛拔高聳
　　彌彥山渾然不知
　　歲末已至

☆のっぽりと師走も知らず弥彦山

nopporito / shiwasu mo shirazu / yahikoyama

譯註:「弥彦山」(yahikoyama),彌彥山,位於今新潟縣彌彥村之山,聳立於越後平野中,海拔634米。良寬覺得飛拔高聳的彌彥山(跟他一樣!)不食人間煙火,渾然不知眾人歲末時節(「師走」,陰曆十二月)來往奔走忙碌樣。「のっぽり」(noppori),個子高大、高聳挺立之意。

【無季之句】

100

往事穿過敞開的
窗口回來
比夢還美好……

☆あけ窓の昔をしのぶすぐれ夢

ake mado no / mukashi o shinobu / sugure yume

譯註：此詩直譯大致為「敞開明窗，憶起往事，勝似夢境」。詩中「あけ」（ake）為掛詞（雙關語），可指「敞開」（開け：ake）或「天明」（明け：ake），故此句亦可作「往事穿過天亮的／窗口浮現心頭／比夢還美好……」。「しのぶ」（偲ぶ：shinobu），回憶、憶起；「すぐれ」（勝れ／優れ：sugure），超越、優越。

101

好吧，就這樣
躺在須磨海濱
枕著波音入眠……

☆よしや寢む須磨の浦はの波枕

yoshiya nen / suma no urawa no / namimakura

譯註：「よしや」（yoshiya），好吧、就這樣吧之意。

102

作水坡——
用我僅有的錢幣
買一根青竹杖吧

☆黃金もていざ杖買はむさみつ坂
kogane mote / iza tsue kawan / samizuzaka

譯註:「さみつ阪」(作水阪:samizusaka),作水坡,位於今和歌山縣高野町西鄉作水,為通往高野山的坡道。高野山據說是良寬父親以南晚年隱身之地。此句中良寬因憐惜在作水坡賣青竹手杖的村中小孩,故掏出身上僅有的錢幣買了一根。「黃金」(kogane),錢、錢幣;「もて」(持て:mote),持有、帶著;「いざ」(iza),走吧、來去。

103

平素所願
唯澡盆出來後
爽快感!

☆平生の身持にほしや風呂上がり
heizei no / mimochi ni hoshi ya / furo agari

譯註:良寬庵中並無「風呂桶」(浴桶、澡盆),初訪友人原田鵲齋醫師家時,方得一嘗「風呂」(澡盆、熱洗澡水)之爽。「身持」(mimochi),行為、生活方式;「ほし」(欲し:hoshi),所欲、所願;「風呂上がり」(furo agari),指「泡完澡後」之舒暢狀態。

96

104

啊,我們幾乎可在
這人背上
翩翩起舞……

☆この人の背中に踊りできるなり
kono hito no / senaka ni odori / dekiru nari

譯註:此詩彷彿充滿諧趣的一幅漫畫,詩中所寫「這人」為良寬友人山田杜皐家一名體態豐腴的女傭。「この」(此の:kono),此、這。

105

下雨天
和尚良寬
一副可憐相

☆雨の降る日はあはれなり良寬坊
ame no furu / hi wa aware nari / ryōkanbō

譯註:良寬很愛孩童,是一個很孩子氣的天真的詩僧。此首俳句寫他自己因為下雨無法出去托缽的可憐樣,讓美國詩人金斯堡(Allen Ginsberg)眼睛一亮,驚悟原來也可將個人主觀情緒轉為客觀的書寫對象——沒錯,良寬以俳諧之眼為自己留下了一張有趣的「自拍」。「あはれ」(哀れ:aware),悲哀、可憐。

106

　　從屋後黏土牆
　　破洞看出去，啊
　　一大片田園

☆うら畑埴生の垣の破れから
ura hatake / haniu no kaki no / yabure kara

譯註：良寬1826年六十九歲時，從所居國上山麓小庵移住到島崎村富商木村元右衛門家的小木屋，得到多方照料。此詩寫於移住一年後。他從小屋後面漫行，從土牆破洞看見木村家田園，因而有此流露其對新居生活之感念與珍惜之作。「うら」（裏：ura），後面。

107

　　一墜落、垂倒
　　就順其自然倒臥在地的
　　庭院花草……

☆倒るれば倒るるままの庭の草
taorureba / taoruru mama no / niwa no kusa

譯註：此詩大概作於1830年夏，良寬死前半年時，所寫為島崎木村家庭院。此年夏季越後地區破紀錄的酷熱，使良寬染病，身體大壞。病臥蒲團的他，似乎已感知死期將近。看著因酷暑枯死的庭院花草，良寬或有那些倒落回塵土的花草即是他自己之嘆。但這首詩應非即興之作，而是已漸明生死、自然之理的他，內心清澄的詠嘆。

108

　　令人惜啊
　　流放於太空中，一匹
　　脫韁之馬

☆可惜虛空に馬を放ちけり

oshimubeki / kokū ni uma o / hanachikeri

譯註：此詩有前書「題脫韁之馬圖」，是良寬訪一山寺時，為一幅繪馬之掛軸所題的畫贊。他心裡顯然想到「天馬行空」這幾個字，但仍暗以「自我節制」為己戒。

109

　　悠然枕草而眠
　　離開我庵
　　野宿

☆悠然と草の枕に留守の庵

yūzen to / kusanomakura ni / rusu no an

譯註：「留守」（rusu），不在家、無人在家。詩中的良寬可能離家野宿，也可能就在自己的草庵外枕草而眠。此句可與本書第075首俳句對照閱讀。

110
　　來時擊、打
　　去時敲、打
　　徹夜不停……

☆来ては打ち行きては叩く夜もすがら
kite wa uchi / yukite wa tataku / yomosugara

譯註：此詩有題「髑髏畫贊」，5-7-5音節構成的三段詩句，簡明如日本佛教讚歌（和讚）。詩中呈現的大概是一具（荒野中的）髑髏（骷髏），因為生前修行不足，所以死後成為鬼怪，拿著棍子走過來擊打自己的骸骨（髑髏），轉頭走回去時又再次敲打它。良寬此詩可能受日本曹洞宗開宗祖道元禪師（1200-1253）《正法眼藏》一書啟發，道元主張佛道修行貴在捨身（捨身體、性命），「我身」生前不努力修行，死後骸骨將遭棒打。《正法眼藏》第十六卷「行持‧下」中可以找到與良寬此詩意象接近的字句——「屆時（死去後）你會悔恨你今日的靈魂。若變成鬼怪，你會擊打你先前的骨頭；若變成天人，你會禮讚你先前的骨頭」（今日の精魂かへりて恨むべし。鬼の先骨を打つありき、天の先骨を礼せしあり）。良寬遺墨中另有一首題骷髏畫之漢詩（本書第499首），可參照閱讀。

和歌240首

【住居不定時期】（1790-1796，33-39歲）

111

山風啊，不要
在我旅途露宿之夜
吹得那麼厲害，
我枕著我一邊的
衣袖獨眠哪……

☆山おろしよいたくな吹きそ白妙の衣片敷き旅寝せし夜は
yamaoroshi yo / itaku na fukiso / shirotae no / koromo katashiki / tabine seshi yo wa

譯註：良寬於1791年秋離開修行十二年的玉島圓通寺，行腳各地，居無定所，有一種說法認為他可能在1792年即已回到家鄉出雲崎，但歷來學者們傾向認定他大概於1796年秋始返抵家鄉。漫漫返鄉路上的這幾年間，良寬所到之處包括關西的赤穗、明石、京都、高野、吉野、伊勢等地，以及四國、關東、陸奧地區（日本本州東北地區），一方面拜訪同門師兄弟印證先師國仙和尚教誨，一方面尋訪前輩詩人西行法師、俳聖芭蕉行吟過的名勝。本書第111至118首之和歌即屬於此時期之作。此首短歌寫於今兵庫縣赤穗市，有前書「在赤穗，宿於神社林子，深夜，從山上刮下來的風甚寒」。「白妙の」（しろたえの：shirotae no），是置於「衣」、「袖」等詞之前的固定修飾語（枕詞），此處未譯出；「衣片敷き」（koromo katashiki），意指枕著、墊著自己的衣袖獨眠——古代男女共寢時會將彼此的袖子鋪在地上墊著睡，「片敷き」是只鋪着一側的袖子，表示獨眠。

112

豈曾想到
今夜同樣又
露宿野外
以路邊雜草
為床?

☆思ひきや道の芝草打ち敷きて今宵も同じ仮寝せむとは
omoiki ya / michi no shibakusa / uchishikite / koyoi mo onaji / karinesen to wa

譯註:此詩有前書「次日,抵達一名叫韓津之地,同樣無可投宿之所」。「韓津」為今兵庫縣姬路市福泊的舊名。原詩中的「仮寝」(karine),即在旅途過夜或野宿之意。

113

　　海濱的風啊
　　請體恤我
　　輕柔地吹吧,
　　因為今夜
　　我落腳神社

☆浜風よ心して吹け千早振る神の社に宿りせし夜は
hamakaze yo / kokoroshite fuke / chihayaburu / kami no yashiro ni / yadori seshi yo wa

譯註：此詩寫於今兵庫縣明石市。「千早振る」（ちはやふる：chihayaburu），是用以修飾「神」的枕詞（固定修飾語），此處未譯出。

114

以草為枕,
野宿之地
夜夜不同——
夜夜所夢
卻都是故鄉!

☆草枕夜ごとに変わる宿りにも結ぶは同じ古里の夢
kusamakura / yogotoni kawaru / yadori nimo / musubu wa onaji / furusato no yume

譯註:此詩有題「思鄉」。

115

　　原諒我，如果我
　　所折之花
　　色漸淡，香漸薄
　　我可獻給你的
　　唯獨一顆思慕的心

☆手折り来し花の色香は薄くともあはれみ給え心ばかりは
taorikoshi / hana no iroka wa / usuku tomo / awaremi tamae / kokorobakari wa

譯註：此詩寫於大阪弘川寺，前書「西行法師墓前詣拜，獻花」。

116
　　伊勢海邊
　　波靜——
　　啊,真想聽
　　春浪說
　　古昔事……

☆伊勢の海浪静かなる春に来て昔の事を聞かましものを
isenoumi / nami shizukanaru / haru ni kite / mukashi no koto o / kikamashi mono o

譯註:此處伊勢海邊指今三重縣伊勢市附近海岸。良寬此首十八世紀末之作,讓人想起英國詩人阿諾德(Matthew Arnold,1822-1888)1851年所寫〈多佛海濱〉中的句子——「今夜海上平靜,/潮水滿漲……/……海浪把石子捲回去,又回頭/拋出,拋到高高的海岸上……/以舒緩顫動的節奏,迎進/永恆的悲調。//莎孚克利斯許久以前/在愛琴海邊聽到這聲音,讓他/心中升起人類苦難混濁的/潮起潮落……」。

117

　　倘若有人
　　要前往我故鄉
　　請代我捎個口信
　　說我今日已越
　　近江道

☆古里へ行く人あらば言伝てむ今日近江路を我越えにきと
furusato e / iku hitoaraba / kotozuten / kyō ōmiji o / ware koe ni ki to

譯註：此詩有題「過近江路」。近江路，亦稱近江道、淡海路，通往近江國之路。近江國領域約為今日滋賀縣，境內有日本第一大湖琵琶湖。近江道為沿琵琶湖東岸之路。

118

　　啊，我該
　　用什麼言詞描述
　　雲霞散去，
　　晴空朗朗的
　　今日富士山頂？

☆言の葉も如何かくべき雲霞晴れぬる今日の不二の高根に
kotonoha mo / ikaga kakubeki / kumokasumi / harenuru kyō no / fuji no takane ni

【五合庵時期】(1796-1816,39-59歲)

119

　　回到家鄉越後,
　　還未習慣
　　家鄉氣候,
　　無情寒氣
　　深深滲我肌⋯⋯

☆越に来てまだ越なれぬ我なれやうたて寒さの肌にせちなる
koshi ni kite / mada koshi narenu / ware nareya / utate samusa no / hada ni sechinaru

譯註:良寬於1796年秋返抵家鄉出雲崎,據說先住在寺泊町本鄉的一間空屋,後於1797年移往國上山半山腰的五合庵居住。1802年時良寬離開國上山,借住於寺泊町照明寺密藏院以及分水町「牧ヶ花」(在今之燕市)的觀照寺,大約於1805年春搬回國上山五合庵定居。此詩大概為良寬1796年回越後國(今新潟縣)鄉里後,該年冬日之感。

120

若問
國上山間事，
我心所思
渺渺
白雲外

☆あしびきの国上の山を人問はば心に思へ白雲の外
ashibiki no / kugami no yama o / hito towaba / kokoro ni omoe / shirakumo no hoka

譯註:「あしびきの」(足引きの／足曳の:ashibiki no)，古代讀作「あしひきの」(ashihiki no)，是置於「山」之前的枕詞，意義不明，此處未譯出。此詩大概為1800年初之作。

121

　　我看似已
　　閉門與世人
　　隔絕，但何以
　　對他們仍
　　思念不斷？

☆世の中に門さしたりと見ゆれどもなども思ひの絶ゆることなき

yononaka ni / kado sashitari to / miyuredomo / nado mo omoi no / tayuru koto naki

122

　　今夜就宿在
　　紫羅蘭盛開的
　　野外吧,
　　我的衣袖若染了
　　花色,就讓它染吧!

☆菫草咲たる野辺に宿りせむ我が衣手に染まば染むとも
sumiregusa / sakitaru nobe ni / yadori sen / waga koromode ni / shimaba shimu tomo

譯註:「菫草」(すみれ草:sumiregusa),即「菫」(sumire),紫羅蘭;「衣手」(koromode),衣袖。

123

　　但願山背後
　　杉樹皮屋頂的
　　我的草庵，雨
　　紛紛降——君
　　即能多停留一下
　　晚點再離去

☆山陰げの槇の板屋に雨も降り来ねさすたけの君がしばしと立ちどまるべく

yamakage no / maki no itaya ni / ame mo ori kone / sasutake no / kimi ga shibashi to / tachidomarubeku

譯註：此詩是由5-7-7、5-7-7，三十八音節構成的「旋頭歌」（sedoka）。1801年7月，江戶歌人、國學家大村光枝至國上山五合庵訪良寬，停宿一夜，與良寬及伴隨的友人原田鵲齋三人吟詩唱和，此首為良寬所作惜別之歌。「槇」（まき：maki），中文稱作土杉、羅漢杉、羅漢松的常綠喬木；「板屋」（いたや：itaya），板頂房子；「さすたけの」（刺竹の：sasutake no），置於「君」一詞前的枕詞（固定修飾語），此處未譯出。

124

這村子裡
來來往往的人
雖多,
而你已
不在,
真讓人寂寞!

☆この里に往き来の人はさはにあれどもさすたけの君しまさねば寂しかりけり

kono sato ni / yukiki no hito wa / sawani aredomo / sasutake no / kimi shimasaneba / sabishikarikeri

譯註:此詩有前書「左一逝後作」,和下一首詩皆屬三十八音節構成的「旋頭歌」。左一,即三輪左市,出身三島郡與板町富豪家族,隨良寬習禪二十年,是良寬最契合的友人及弟子,1807年去世。良寬有漢詩〈聞左一順世〉「微雨空濛芒種節,故人捨我何處行,不堪寂寥則尋去,萬朵青山杜鵑鳴」,以及〈左一訃至喟然作〉「汙呼一居士,參我二十年,其中消息子,不許別人傳」。參閱本書第360首之漢詩。

125

出來到
春野
採嫩菜，
而你已
不在，
何樂之有啊

☆あづさ弓春野に出でて若菜摘めどもさすたけの君しまさねば楽しくもなし

azusayumi / haruno ni idete / wakana tsume domo / sasutakeno / kimi shimasaneba / tanoshiku mo nashi

譯註：此首旋頭歌有前書「春又到，摘嫩菜」，亦為懷念前一年去世的左一之作，可能寫於1808年。「あづさ弓」（梓弓：azusayumi），是修飾「春」的枕詞，此處未譯出。

126
　　此村
　　桃花正盛開，
　　花影倒映
　　溪流
　　一片紅……

☆此里の桃の盛りに来て見れば流れに映る花の紅
kono sato no / momo no sakari ni / kite mireba / nagare ni utsuru / hana no kurenai

譯註：此詩大約寫於1808或1809年春，所寫之景為新潟縣白根市新飯田地區的桃林，詩中溪流為信濃川支流。良寬也有一首漢詩〈看花到田面庵〉寫此桃花溪——「桃花如霞夾岸發，春江若藍接天流，行看桃花隨流去，故人家在水東頭」（參見本書第356首）。

127

不知不覺間，
又來到
此庵，因著
你在世時我已
養成的舊習……

☆思ほえずまたこの庵に来にけらしありし昔の心ならひに
omōezu / mata kono io ni / ki ni kerashi / arishi mukashi no / kokoronarai ni

譯註：此詩有前書「故人去世後翌年春天，我因事路過此處，但無人居住，唯見花落滿庭」。故人即良寬友人有願法師（1737-1808），「此庵」（この庵）即他生前所居之圓通庵（有願法師自己稱之為田面庵）；「心ならひ」（心習ひ：kokoronarai），成為習慣之意。此詩大概寫於1809年3月，而有願法師於1808年8月死去。良寬有漢詩〈再到田面庵〉「去年三月江上路，行看桃花到君家。今日再來君不見，桃花依舊正如霞」（參見本書第357首）。

128

　　我豈會忘記
　　在那棵根部與
　　岩石緊纏的松樹下，
　　我們聚宴、
　　歡談的時光？

☆あしびきの岩松が根に宴して語りしなりをいつか忘れむ

ashibiki no / iwa matsugane ni / utage shite / katarishi nari o / itsuka wasuren

譯註：「あしびきの」（足引きの／足曳の：ashibiki no），置於「岩」一詞前的枕詞，此處未譯出。

129

　　一大早
　　女郎花、秋萩花
　　爭先綻放，與
　　露珠比賽誰更
　　耀眼，誰更艷！

☆女郎花秋萩の花咲きにけり今朝の朝けの露に競ひて
ominaeshi / akihagi no hana / sakinikeri / kesa no asake no / tsuyu ni kioite

譯註：「女郎花」(ominaeshi)秋天時開黃色小花，「秋萩」(akihagi)開紫黃色及白色花——兩者皆日本「秋之七草」之一。

130

悠悠忽忽
度此浮生，我身
如此，哪怕有人
說嘴——遊女
亦浮世之人矣！

☆うかうかと浮き世を渡る身にしあればよしやいうとも人わ浮きよめ

ukauka to / ukiyo o wataru / mi ni shiareba / yoshi ya iu tomo / hito wa ukiyome

譯註：良寬的弟弟由之寫詩批評良寬與遊女（妓女）一起玩「手毬」（てまり：temari，又稱手鞠球，用手拍著玩的線球，乃日本傳統玩具），良寬讀後回以此歌。「浮きよめ」（浮き世女：ukiyome），浮世之女，遊女。

131

  悠悠忽忽
  日復一日
  度此世——
  豈有餘力
  憂來生？

☆この世さへうからうからと渡る身は来ぬ世の事を何思ふらむ
konoyo sae / ukaraukara to / wataru mi wa / konu yo no koto o / nani omouran

132

  蛙鳴喧騰——
  採野地
  棣棠花浮於
  酒杯中
  暢飲同歡！

☆蛙鳴く野辺の山吹手折りつつ酒に浮かべて楽しきをづめ
kawazu naku / nobe no yamabuki / taoritsutsu / sake ni ukabete / tanoshiki o zume

譯註：「山吹」（yamabuki），即棣棠，春天開金黃色花。

133

　　棣棠花
　　千瓣、八千瓣
　　重重綻放，也不及
　　純純粹粹此
　　一瓣花

☆山吹の千重を八千重に重ぬとも此一と花の一重にしかず
yamabuki no / chie o yachie ni / kasanu tomo / konoi to hana no / hitoe ni shikazu

譯註：良寬於此歌下自註「一花即心花也」。川端康成在其獲諾貝爾獎致答辭中提到日本花道、茶道時說「一朵花，有時讓人覺得美過一百朵」（一輪の花は百輪の花よりも花やかさを思わせるのです），似可作參考。「しかず」（如かず／及かず：shikazu），不如、不及。

134

　　世間大眾，能
　　和睦度過六九
　　人生——不足處應
　　已不及十分之一
　　而近乎圓滿

☆大方のよを六つまじ九渡りなば十に一つも不足なからん
ōkata no / yo o mutsumajiku / watarinaba / jū ni hitotsu mo / fusoku nakaran

譯註：此詩是良寬於1817年正月十七日寫給寺泊町入輕井村長山崎六衛門，答謝其贈酒之兩首短歌之一，頗珍奇、有趣，以凝練的技巧，將一、二、四、六、七、九、十等數字嵌入詩中。原詩中的「よ」（yo）與「四」同音，「な」（na）與「七」同音，「に」（ni）與「二」同音。原詩中「六つまじ九」（mutsumajiku）即「睦まじく」（mutsumajiku，和睦）之謂——「六つまじ」（六つ交じ，mutsumaji：六交、六爻），是「睦まじ」（亦和睦之意）一詞的語源，但詩人戲以「九」（音ku）替代「く」（ku），使此詩立刻成為一首「數字歌」。《易經》卦中陽爻稱九，陰爻稱六。為保留原詩數字趣味，此處小繞「曲」徑，彈性化譯詩中「六つまじ九」一詞。六衛門後於1828年7月過世，享年六十九。

135

　　小新年——
　　願祈福的小松樹
　　在丁丑年的今年為
　　三、五、七歲男女孩
　　添注十足幸福

☆小正月祝ふ小松の七五三丑につけこむ十分の福
koshōgatsu / iwau komatsu no / shichigosan / ushi ni tsukekomu / jūbun no fuku

譯註：此詩是另一首答謝六衛門贈酒之歌，同樣顯現將數字（三、五、七、十）嵌入詩中的趣味。「小正月」即正月十五日，小新年。「七五三」（七五三節），是日本獨特的節日，為祝賀幼兒的成長，三歲男女孩、五歲男孩、七歲女孩於每年十一月十五日赴神社參拜，祈求健康幸福。

136

用衣袖接
這園中
飄落下來的梅花——
玩賞後
再讓它們飄落……

☆この園に散りくる梅を袖に受けて遊びて後は花は散るとも
kono sono ni / chiri kuru ume o / sode ni ukete / asobite nochi wa / hana wa chiru tomo

137

今宵月下
梅花
插髮上,
即便春將去
夫復何求?

☆梅の花今宵の月にかざしてば春は過ぐとも何か思はむ
ume no hana / koyoi no tsuki ni / kazashiteba / haru wa ka guto mo / nanika omowan

138

噢,但願香氣
四溢的櫻花
飄散空中的
這春夜
永不要結束……

☆香ぐはしき桜の花の空に散る春の夕べは暮れずもあらなむ
kaguwashiki / sakura no hana no / sora ni chiru / haru no yūbe wa / kurezu mo aranan

139

　　花是主人——啊，
　　我們聽從花言：
　　今日開啊，
　　喝酒！明日也
　　開啊，喝酒！

☆さけさけと花にあるじを任せられ今日もさけさけ明日もさけさけ

sake sake to / hana ni aruji o / makaserare / kyō sake sake / asu mo sake sake

譯註：日語「さけ」，有「酒」（さけ：sake）與「咲け」（さけ：sake，花開）兩意，是「掛詞」（雙關語）。「あるじ」（主：aruji），即主人。錄另一中譯並觀——「且飲且開／託付百花作宴主，／今日酒滿盞／明日花滿枝，／醉與芳菲俱無盡」。

140

　　鳥鳴四方
　　四方山野
　　花燦開——啊
　　何處安頓
　　我春心？

☆鳥は鳴く四方の山辺に花は咲く春の心ぞ置き所なき
tori wa naku / yomo no yamabe ni / hana wa saku / haru no kokoro zo / okidokoro naki

141

　　我用妳贈送的

　　新手毬，

　　邊拍邊數

　　一到十，消磨

　　一天時光……

☆さすたけの君が贈りし新毬まりをつきて数へてこの日暮らしつ

sasutake no / kimi ga okurishi / nii mari o / tsukite kazuete / kono hi kurashitsu

譯註：此詩日文原作中的「君」（譯文中的「妳」），指良寬家鄉出雲崎一家妓院的老闆娘。她送給良寬新手毬，良寬答贈以此歌。「さすたけの」（刺竹の：sasutake no），是修飾「君」的枕詞，此處未譯出。看起來，良寬當時似乎已經有許多「女粉絲」。本詩可與前面第130首歌對照閱讀。

142

  布穀鳥啊
  不要頻頻啼叫,
  草庵獨居
  本來就已經
  夠孤寂了……

☆時鳥いたくな鳴きそさらでだに草の庵は淋しき物を
hototogisu / itakuna naki so / saradedani / kusanoiori wa / sabishiki mono o

143

  布穀鳥啊
  你行向何方?
  子夜歸途中
  聽見你
  一聲聲哀鳴

☆いづちへか鳴きて行くらん時鳥小夜更がたに帰るさの道
izuchi e ka / nakite yukuran / hototogisu / sayofukegata ni / kaerusa no michi

144

　　野牡丹，
　　花開
　　正燦爛：摘它，
　　可惜；不摘，
　　也可惜⋯⋯

☆深見草今を盛りに咲きにけり手折るも惜しし手折らぬも惜し
fukamigusa / ima o sakari ni / sakinikeri / taoru mo oshishi / taoranu mo oshi

譯註：「深見草」（fukamigusa），牡丹的別名。「惜し」（oshi），可惜之意，亦可指珍貴、令人珍惜，如是，此詩也可譯成「野牡丹，／花開／正燦爛：太寶貴了，／不忍摘；太寶貴了，／不得不摘⋯⋯」。

145
　　荷葉在
　　晶瑩朝露中
　　競放，
　　珍貴如
　　不染俗塵之人

☆朝露に競ひて咲ける蓮葉の塵に染まざる人の尊とさ
asatsuyu ni / kioite sakeru / hachisuba no / chiri ni somazaru / hito no tōtosa

146
　　我家門前的
　　竹林──
　　啊，每日看
　　一千遍
　　也不厭倦！

☆我が宿の竹の林は日に千度行きて見れども飽きたらなくに
waga yado no / take no hayashi wa / hi ni chitai / yukite miredomo / akitaranaku ni

147

跳蚤，蝨子，
任何想盡情
鳴唱的秋蟲啊，
我的胸脯
就是武藏野！

☆蚤虱音に鳴く秋の虫ならばわが懷は武蔵野の原
nomi shirami / ne ni naku aki no / mushi naraba / waga futokoro wa / musashino no hara

譯註：譯註：武藏野，鄰江戶（今東京）之廣大原野。

148

子夜
聞山頂
鹿鳴，睡夢中
驚醒
心悲

☆小夜更て高根の鹿の声聞ば寝覚淋しふ物や思はる
sayofukete / takane no shika no / koe kikeba / nezame sabishiu / mono ya omowaru

149

    夕霧
    籠罩遠方
    村莊，我在回
    杉林所圍的
    我的家路上

☆夕霧に遠路の里辺は埋もれぬ杉立宿に帰るさの道
yūgiri ni / ochi no satobe wa / uzumorenu / sugitatsu yado ni / kaerusa no michi

150

    願得
    世上
    同心人，
    草庵
    一夕談！

☆世の中に同じ心の人もがな草の庵に一夜語らむ
yononaka ni / onaji kokoro no / hito mogana / kusanoiori ni / hitoyo kataran

151
山中
無訪客，我
獨居草庵
凝望
無瑕的明月

☆訪ふ人もなき山里に庵して独りながむる月ぞ隈なき
tou hito mo / naki yamazato ni / iori shite / hitori nagamuru / tsuki zo kuma naki

譯註：易一視角，此詩則可作「山中草庵／無訪客，／明月／獨照我／別無他影」。

152

　此山
　紅葉美
　今日盡——
　君下山歸去後
　紅葉亦將失色……

☆この山の紅葉も今日は限りかな君し帰らば色はあるまじ
kono yama no / momiji mo kyō wa / kagiri kana / kimi shi kaeraba / iro wa arumaji

譯註:「此山」指良寬所住的國上山。「君」指來訪的歌人原田正貞，其父為原田鵲齋，父子兩人皆為良寬知交。紅葉將失色，因為「出色」的友人已離去，紅葉再美已無人共賞。底下之「再翻譯」或為此歌潛文本——「此山／紅葉美，到／今日可止——／君下山歸去後／紅葉已多餘」。

153

這些是
國上山上的
田裡
栽種出來的蘿蔔——
請君吃光勿剩啊！

☆あしびきの国上の山の山畑に蒔きし大根ぞあさず食せ君
ashibiki no / kugami no yama no / yamabata ni / makishi daikon zo / asazu ose kimi

譯註：此詩是良寬寫給友人阿部定珍之作。「あしびきの」（足引きの／足曳の：ashibiki no），是置於「山」之前的枕詞，此處未譯出。

154

　　與君相約
　　早稻熟時
　　相見，而今
　　稻葉間
　　陣陣秋風吹

☆早稻とる時にと君に契りしに稻葉おしなみ秋風ぞ吹く
wasene toru / tokini to kimi ni / chigiri shi ni / inaba oshinami / akikaze zo fuku

譯註：「早稻」（wasene），早稻，早熟品種之稻米，八月出穗，九月收割。

155

晚風中
芒草花上
露珠
亂舞，秋月
踟躕

☆夕風に露はこぼれて花薄乱るる方に月ぞいざよふ
yūkaze ni / tsuyu wa koborete / hanasusuki / midaruru kata ni / tsuki zo izayō

譯註：「いざよふ」（猶予う：izayō），猶豫、徬徨、踟躕。

156

　　採摘
　　這山崗上的
　　秋萩花與芒花吧,
　　我的衣袖若染了
　　花色,就讓它染吧!

☆この岡の秋萩すすき手折りてむ我が衣手に染まば染むとも
kono oka no / aki hagi susuki / taoritemu / waga koromode ni / shimaba shimu tomo

譯註:「すすき」(薄:susuki),芒草,芒花。

157

即便紅葉
終散盡,請
至少在溪澗中
留下影子,作為
秋天的紀念

☆もみぢ葉は散りはするとも谷川に影だに残せ秋の形見に
momijiba wa / chiri wa suru tomo / tanigawa ni / kage dani nokose / aki no katami ni

譯註「形見」(katami),遺物、紀念品。

158

　　秋山紅葉
　　已落盡——
　　我要帶什麼回去
　　給孩子們
　　當禮物？

☆秋山の紅葉は散りぬ家土產に子等が乞ひせば何をしてまし
akiyama no / momiji wa chirinu / ie zuto ni / kotō ga koiseba / nani o shitemashi

159

　　秋意漸濃
　　我心寂寥——
　　啊，只能鎖門
　　閉居
　　草庵內了

☆秋もややうら淋しくぞなりにける草の庵をいざ鎖してむ
aki mo yaya / urasabishiku zo / narinikeru / kusanoiori o / iza tozashiten

譯註：秋漸深，天日益寒，不見叩門訪客，只好閉門將草庵當「防空洞」——防孤寂的心更加空洞。

160

　　當我越過
　　秋山,
　　樹上的紅葉
　　讓腳下的路也
　　閃閃發光

☆秋山をわが越えくればたまほこの道も照るまで紅葉しにけり
akiyama o / waga koekureba / tamahoko no / michi mo teru made / momiji shinikeri

譯註:「たまほこの」(玉鉾の/玉矛の:tamahoko no),置於道、里等詞之前的枕詞,此處未譯出。

161

　　誰會知道
　　在滿鋪於
　　岸邊水面的浮萍
　　底下——
　　月亮在焉

☆浮き草の覆ふ水際に月影のありとは爰に誰か知るらむ
ukikusa no / ōu migiwa ni / tsukikage no / ari to wa koko ni / tareka shiruran

162

　　我別無
　　他物
　　款待君──
　　除了山中
　　冬日寂寥

☆山里の冬の寂しさなかりせば何をか君の饗へ草にせむ
yamazato no / fuyu no sabishisa / nakariseba / nani o ka kimi no / aegusa ni sen

譯註：詩中的「君」，指來訪的良寬友人阿部定珍。

163

　　白雪
　　日日降
　　我家門前
　　無
　　人跡

☆白雪の日毎に降れば我が宿は行き来の人の跡さへぞなき
shirayuki no / higotoni fureba / waga yado wa / yukiki no hito no / ato sae zo naki

164

今宵相會
明日目送你去，
山路阻且隔
我又一人
草庵居

☆今宵会ひ明日は山路を隔てなば一人や住まむもとの庵に
koyoi ai / asu wa yamaji o / hedatenaba / hitori ya suman / moto no iori ni

165

啊，踏過
國上山
杉林中蜿蜒
小路，回到
我的住家！

☆国上山杉の下路踏みわけて我が住む宿にいざ帰りてむ
kugamiyama / sugi no shita michi / fumi wakete / waga sumu yado ni / iza kaeriten

166

　　或是陣雨
　　拍打聲，或是
　　山谷流水聲，
　　或是深夜山風
　　吹散紅葉聲……

☆久方の降りくる雨か谷の音か夜は嵐に散る紅葉ばか
hisakata no / furikuru ame ka / tani no to ka / yoru wa arashi ni / chiru momijiba ka

譯註:「久方の」(ひさかたの:hisakata no)，置於雨、天、月、雲、光等詞前的枕詞，此處未譯出。此詩有題「夜宿嵐窗」，「嵐窗」是良寬友人阿部定珍家的雅號。

167
　　歸來,見
　　故園
　　荒蕪——
　　庭院與籬笆
　　唯落葉滿積

☆来て見ればわが古里は荒れにけり庭も籬も落葉のみして
kite mireba / waga furusato wa / arenikeri / niwa mo magaki mo / ochiba nomi shite

譯註:此詩有題「詠於國上」,或可視為陶淵明「歸去來兮,田園將蕪胡不歸……」的另類變奏。

168
　　回想過去,
　　不知是夢
　　或真——
　　終夜聽
　　初冬陣雨聲

☆いにしへを思へば夢かうつつかも夜は時雨の雨を聞きつつ
inishie o / omoeba yume ka / utsutsu kamo / yoru wa shigure no / ame o kikitsutsu

169

　　山陰的岩間
　　苔清水
　　潺潺流下,彷彿
　　滴落在我心,
　　越來越清明……

☆山かげの岩間を伝ふ苔水のかすかに我はすみわたるかも
yamakage no / iwama o tsutau / kokemizu no / kasukani ware wa / sumiwataru kamo

譯註:十二世紀著名歌人西行法師草庵遺址附近有清水汩汩滴落岩間,有「苔清水」之名。潺潺流下的山泉,讓良寬的心更寬、更良、更清涼。

170

雲散,
天晴,啊我要
出門托鉢,隨心之
所至領受
上天的賜予

☆雲出でし空は霽れけり托鉢の心のままに天の与へを
kumoideshi / sora wa harekeri / takuhatsu no / kokoro no mama ni / ten no atae o

171

  天藍與水藍
  融為一體,
  海面上
  浮現的——就是
  佐渡島吧!

☆天も水も一つに見ゆる海の上に浮きて見ゆるは佐渡の島かも
ame mo mizu mo / hitotsu ni miyuru / umi no ue ni / ukite miyuru wa / sado no shima kamo

譯註:佐渡島是良寬母親出生地。良寬此首詠海天相連燦藍美景的著名歌作,讓人想及二十世紀歌人若山牧水(1885-1928)被選入教科書的名作——「白鷗啊╱你沒有哀愁嗎,╱飄游於水波之上╱不被海藍╱與天青所染」(白鳥は哀しからずや空の青海のあをにも染まずただよふ)。

172
何處可覓
比國上山
更讓我心動的
住所——
無也！

☆何づこにも替へ国すれど我心国上の里にまさるとこなし
izuko nimo / kae kuni suredo / waga kokoro / kugami no sato ni / masaru toko nashi

譯註：國上山位於新潟縣西蒲原郡分水町，良寬住的五合庵以及乙子神社草庵都在此地區，前後住了約三十年。

173

　　飛鳥
　　都不願來結巢的
　　深山裡——啊
　　我一住
　　就住了那麼久！

☆飛ぶ鳥も通はぬ山の奥にさへ住めば住まるるものにぞありける

tobu tori mo / kayowanu yama no / oku ni sae / sumeba sumaruru / mono ni zo arikeru

174

　　山澗
　　從未裝腔作勢地對
　　濁世說：自我淨化吧
　　——但它
　　自然地變清澄

☆濁る世を澄めとも言はずわがなりに澄まして見する谷川の水
nigoru yo o / sume tomo iwazu / waga narini / sumashite misuru / tanigawa no mizu

譯註：原詩中的「澄まし」（sumashi），是雙關語（掛詞），兼有「澄清」與「裝腔作勢」之意。

175

　　我如浮雲般
　　任風
　　隨意安排
　　居所，送走
　　一天又一天……

☆浮雲のいづこを宿と定めねば風のまにまに日を送りつつ
ukigumo no / izuko o yado to / sadameneba / kaze no manimani / hi o okuritsutsu

176

孤寂,但
心清澄:
日復一日
草庵
悠閒度

☆詫びぬれど心は澄めり草の庵その日その日を送るばかりに
wabinuredo / kokoro wa sumeri / kusanoio / sonohi sonohi o / okuru bakari ni

譯註:良寬不僅在此首(以及前面第169、173、174首等)短歌裡,詠嘆自己出家閒居、隨興托缽的悠然、澄明生活,也在他所寫漢詩中反覆呈現此種「騰騰任天真」的生命情境,譬如下面這兩首——「自從一出家,任運消日子,昨日住青山,今朝遊城市,衲衣百餘結,一缽知幾載……」(本書第383首),以及「生涯懶立身,騰騰任天真,囊中三升米,爐邊一束薪,誰問迷悟跡,何知名利塵,夜雨草庵裡,雙腳等閒伸」(第388首)。

177

　　吐氣，
　　吸氣——
　　此乃人世
　　永不停息
　　之據！

☆出づる息また入る息は世の中の尽きせぬことのためしとを知れ

izuru iki / mata iru iki wa / yononaka no / tsukisenu koto no / tameshi to o shire

譯註：有人吟某高僧之歌「吐氣，／吸氣，／一次又一次——／唯讓我想到／人世瞬間即逝！」（出づる息また入る息とばかりにて世ははかなくも思ほゆるかな：izuru iki / mata iru iki to / bakari nite / yo wa hakanaku mo / omōyuru kana），良寬聞後答以此歌。

178

　　我不覺
　　我身貧乏——
　　柴門外
　　有月
　　有花！

☆こと足らぬ身とは思はじ柴の戸に月も有りけり花も有りけり
kototaranu / mi to wa omowaji / shiba no to ni / tsuki mo arikeri / hana mo arikeri

譯註：「こと足らぬ」（事足らぬ：kototaranu），不足、有所缺乏，「ぬ」（nu）表示否定；「思はじ」（omowaji），不覺得、不認為，「じ」（ji）為表示否定的助動詞。

179

我身如弱竹
之葉,畸零
無足道——
平平常常
一日過一日!

☆名よ竹の葉したなる身は等閑にいざ暮らさまし一日一日を
nayotak no / hashitanaru mi wa / naozari ni / iza kurasamashi / hitohi hitohi o

譯註:「名よ竹の」(弱竹の:nayotake no)是修飾「葉」(は:ha)的枕詞,而「葉した」(はした:hashita)音同「端た」(はした:hashita)——意為零頭、零數,不值得一提之人。

180
　　如果你不嫌
　　山谷的聲響與
　　山頂暴風，再次沿
　　杉樹根暴現的
　　崖道來訪吧

☆谷の声峰の嵐をいとはずば重ねてたどれ杉のかげ道
tani no koe / mine no arashi o / itowazuba / kasanete tadore / sugi no kagemichi

181

　　啊,來
　　竹柱、粗草簾
　　搭構的吾宿
　　飲一杯酒
　　如何?

☆吾が宿は竹の柱に菰簾強ひて食しませ一杯の酒
waga yado wa / take no hashira ni / komosudare / shiite oshi mase / hitotsuki no sake

182

　　持美酒
　　與菜肴來吧,
　　讓我一如往常
　　留你
　　草庵一宿!

☆うま酒に肴持て来よいつもいつも草の庵に宿は貸さまし
umazake ni / sakana mote koyo / itsumo itsumo / kusanoiori ni / yado wa kasamashi

譯註:此歌為良寬回覆友人阿部定珍之作。

183

　　我身如
　　浮雲
　　無牽掛之事——
　　風怎麼想，
　　我怎麼漂泊！

☆浮雲の待事も無き身にしあれば風の心に任すべらなり
ukigumo no / matsukoto mo naki / mi ni shi areba / kaze no kokoro ni / makasuberanari

184

　　我身何以
　　出家——
　　啊，讓初衷深染
　　我心，直至濃如
　　我黑僧衣袖

☆何ゆへに我身は家を出しぞと心に染よ墨染の袖
naniyue ni / wagami wa ie o / ideshi zo to / kokoro ni someyo / sumizome no sode

185

若問此僧
所思為何,請從
空中
風的信箋
尋求答案!

☆この僧の心を問はば大空の風の便りにつくと答へよ
kono sō no / kokoro o towaba / ōzora no / kaze no tayori ni / tsuku to kotae yo

186

聞世人之
悲,我亦
悲——
啊,吾非
岩木矣!

☆空蟬の人の憂ひを聞けば憂し我れもさながに岩木ならねば
utsusemi no / hito no urei o / kikeba ushi / ware mo sanaga ni / iwaki naraneba

187
若有人問我
捨身出家
之道，當
回答：
隨它風吹雨打！

☆捨てし身をいかにと問はば久方の雨降らば降れ風吹かば吹け
suteshi mi o / ikani to towaba / hisakata no / ame furaba fure / kaze fukaba fuke

188
　　該將此世
　　做何比──
　　豈非像
　　墨筆畫出的
　　原野白雪？

☆世の中は何に譬へむぬばたまの墨絵に描ける小野の白雪
yononaka wa / nani ni tatoemu / nubatama no / sumie ni kakeru / ono no shirayuki

譯註:「ぬばたまの」(射干玉の／烏玉の: nubatama no),是置於「墨」、「黑」、「闇」、「夜」等詞之前的枕詞,此處未譯出。此詩頗富禪意,墨筆畫雪,到底是白雪或黑雪?

189
　　該將此世
　　做何比──
　　不就空如
　　山間的
　　回聲嗎？

☆世の中を何に譬へむ山彦の答ふる声の空しきがごと
yononaka o / nani ni tatoemu / yamabiko no / kotauru koe no / munashiki ga goto

190

不需夕顏花,
也不需絲瓜——
這塵世
就只是塵世,
任他去吧……

☆夕顔も糸瓜もいらぬ世の中はただ世の中に任せたらなむ
yūgao mo / hechima mo iranu / yononaka wa / tada yononaka ni makasetaranan

譯註:「夕顏」(yūgao),夏季開白花,秋季果實成為葫蘆;「世の中」(yononaka),世間、人世、凡塵俗世。正岡子規(1867-1902)去世前一年也有一首夕顏、絲瓜同框的俳句「成佛、仙去——／啊,夕顏之顏,／絲瓜的屁」(成佛ヤ夕顏ノ顏ヘチマノ屁:jōbutsu ya / yūgao no kao / hechima no he)。

191

　　計數、積累
　　思君時
　　慰我心的
　　花與月——則知
　　我老矣

☆思へ君心慰む月花も積もれば人の老となるもの
omoe kimi / kokoro nagusamu / tsuki hana mo / tsumoreba hito no / oi to naru mono

譯註：此詩也許是漢朝佚名詩人《古詩十九首》中「思君令人老」一句，最動人的變奏。

192
>此身會
>朽嗎？
>不，永不──
>我已捨身予
>佛法！

☆いつまでも朽ちやせなまし御仏の御法のために捨てしその身は

itsu made mo / kuchiyase namashi / mihotoke no / minori no tame ni / suteshi sono mi wa

193

　　世事無常
　　你豈不明瞭？
　　或後，或先
　　所有的花
　　都將凋散……

☆見ても知れいずれこの世は常ならむ後れ先だつ花も残らず
mite mo shire / izure konoyo wa / tsunenaramu / okure sakidatsu / hana mo nokorazu

譯註：此詩可與本書所譯第025首俳句對照閱讀——「落櫻，／殘櫻，／皆落櫻……」（散る桜残る桜も散る桜）。先散落之花，與殘存、後散落之花，皆無法逃脫凋散之命運。

194

比在水上
寫數字
更徒勞的是
只是計量
而不信佛法者

☆水の上に数書くよりもはかなきは御法をはかる人にぞありける

mizunoue ni / kazu kaku yori mo / hakanaki wa / minori o hakaru / hito ni zo arikeru

譯註：這是一首非常特別的短歌，由兩組形成比喻關係的意象／意念構成。「在水上寫數字」此組意象相當亮眼，良寬以之巧喻「猜疑、不信『御法』（佛法，佛陀的教誨）的人」——他用了「はかる」（計る／測る：hakaru，計量、測量、猜測）這個帶有數學趣味的動詞，與前面「數字」（数：kazu）一詞形成音／意上微妙的呼應。此詩是一首「本歌取」之作，所取法的「本歌」（原作）是《古今和歌集》卷十一無名氏的一首短歌「比在流水上／寫數字／更徒勞的是——／思念一個／不思念你的人」（行く水に数書くよりもはかなきは思はぬ人を思ふなりけり：yuku mizu ni / kazu kaku yori mo / hakanaki wa / omowanu hito o / omou narikeri）。

195

　　佛的妙言
　　難以
　　言傳——啊，
　　讓山梔子花
　　無聲說法吧！

☆妙なるや御法の言に及ばねばもて来て説かん山のくちなし
taenaru ya / minori no koto ni / oyobaneba / motekite tokan / yama no kuchinashi

譯註：詩中「くちなし」（kuchinashi）一詞是雙關語，兼有「梔子」（kuchinashi）與「口無し」（kuchi-nashi，沉默、不開口）之意。此詩頗妙，也妙解了禪宗「不立文字，教外別傳」之示。

196

僧侶所需者
唯修「常不輕菩薩」
不輕視任何人
此一令人
讚佩之行！

☆僧は唯万事はいらず常不軽菩薩の行ぞ殊勝なりける
sō wa tada / banji wa irazu / jōfukyō / bosatsu no gyō zo / shushō narikeru

譯註：「常不輕菩薩」(jōfukyōbosatsu)是一位修「尊重」行，恒常不輕視他人的菩薩，見《法華經》「常不輕菩薩品」。

197
    天竺佛陀
    圓寂之像
    與良寬
    共枕
    相寢

☆天竺の涅槃の像と良寬と枕くらべに相寢たるかも
tenjiku no / nehan no zō to / ryōkan to / makurakurabe ni / ai netaru kamo

譯註:「天竺」(tenjiku),指印度,佛教的發源地;「涅槃の像」(nehan no zō),涅槃像,佛陀入滅時臥姿之雕像。

【乙子神社草庵時期】（1816-1826，59-69歲）

198
　　我願在此
　　終老，
　　國上山下
　　這林中
　　草庵！

☆いざここに我身は老む足曳の国上の山の森の下庵
iza koko ni / wagami wa oimu / ashibiki no / kugami no yama no / mori no shita io

譯註：「足曳の」（あしびきの：ashibiki no）是置於「山」之前的「枕詞」，此處未譯出。良寬於1816年，從國上山半山腰的五合庵，搬到國上山山麓乙子神社「神社事務管理所」之草庵居住，直至1826年秋。此詩是他初遷入時之作。參閱本書第450首之漢詩。

199

　　夏草
　　恣意、繁茂
　　生長——我將
　　定居此庵
　　啊，於此草庵！

☆夏草は心のままに茂りけり我庵せむこれのいおりに
natsukusa wa / kokoro no mama ni / shigerikeri / ware iori sen / koreno iori ni

200

　　秋萩
　　飄散，遮蔽了
　　原野上的
　　道路——也許
　　就沒有人來了……

☆たまぼこの道まどふまで秋萩は散りにけるかも行く人なしに
tamaboko no / michi madō made / akihagi wa / chirinikeru kamo / yuku hito nashi ni

譯註：原詩開頭的「たまぼこの」（玉鉾の：tamaboko no），是置於「道」之前的枕詞，此處未譯出。

201
年月來了
會走,
為何老
來了
就從此不走!

☆年月は行きかもするに老いらくの来れば行かずに何つもるらむ
toshitsuki wa / iki kamo suru ni / oiraku no / kuereba ikazu ni / nani tsumoruran

202

　　我的草庵在
　　國上山，
　　冬寒眾物
　　蟄居，不見
　　來訪人跡！

☆わが宿は国上山もと冬ごもり行き来の人の跡さえぞなき
waga yado wa / kugamiyama moto / fuyugomori / yukiki no hito no / ato sae zo naki

譯註：良寬另有歌「我的草庵在／國上山，／冬寒眾物／蟄居，山頭／山尾雪紛飛……」（が宿は国上山もと冬ごもり峰にも尾にも雪の降りつつ：waga yado wa / kugamiyama moto / fuyugomori / mine nimo o nimo / yuki no furitsutsu）。

203

冬寒閉居草庵
坐立難安,
無術破籠而出
思緒亂如
漁夫刈割的海藻

☆草の庵に立居てみても術ぞなき海人の刈る藻の思ひ乱れて
kusanoiori ni / tachite mitemo / sube zo naki / ama no karumo no / omoi midarete

204

這些水芹
是我趁
雨暫停時
到野地
為君採的

☆さすたけの君がみためと久方の雨間に出でて摘みし芹ぞこれ
sasutake no / kimi ga mitame to / hisakata no / amama ni idete / tsumishi seri zo kore

譯註:「さすたけの」(刺竹の:sasutake no),置於「君」之前的固定修飾語(枕詞),此處未譯出;「久方の」(hisakata no)是置於「雨」之前的枕詞。

205

    我乞討的缽裡
    紫羅蘭和蒲公英
    混雜在一起——
    這些是我獻給
    三世諸佛之禮！

☆鉢の子に菫たむぽぽこき混ぜて三世の仏に奉りてな
hachinoko ni / sumire tampopo / kokimazete / miyo no hotoke ni / tatematsurite na

譯註：三世，指過去、現在、未來。良寬一生安貧樂道，持缽乞食，忘情自然，天真可愛。

206

    本想來村裡
    乞食，
    停在春日野地
    摘紫羅蘭
    啊，一日已盡

☆飯乞ふとわが来しかども春の野に菫摘みつつ時を経にけり
iikou to / waga koshikadomo / haru no no ni / sumire tsumitsutsu / toki o henikeri

207

穿上
全部破衣
睡覺——
冷啊
細竹蓋的
山屋

☆破れ衣を有りのことごと着ては寝れども山もとの小笹葺く屋は寒くこそあれ

yareginu o / ari no kotogoto / kite wa neredomo / yamamoto no / ozasa fuku ya wa / samuku koso are

譯註：此詩是由5-7-7、5-7-7，三十八音節構成的「旋頭歌」。

208
>我心騷動
>難眠──
>想到明天
>就是
>新春第一天！

☆何となく心さやぎていねられず明日は春の初めと思へば
nanitonaku / kokoro sayagite / ine rarezu / ashita wa haru no / hajime to omoeba

209

 春來，
 眾樹
 花綻放——
 隨去年秋天紅葉
 凋逝的孩子們
 卻不會回來

☆春くれば木木のこずへに花は咲けども紅葉ばの過ぎにし子等は帰らざりけり

haru kureba / kigi no kozue ni / hana wa sakedomo / momijiba no / sugi ni shi kora wa / kaerazarikeri

譯註：此首旋頭歌是良寬於1819年時，代子女死於皰瘡（天花）的父母親們所作。1818年天花大流行，奪去了許多孩童生命，良寬為此寫了多首詩歌。

210

當我因思念
難受得束手
無策時，我去
孩子生前玩的
野地採薺菜

☆もの思ひすべなき時はうち出でて古野に生ふる薺をぞ摘む
mono omoi / subenaki toki wa / uchi idete / furuno ni ouru / nazuna o zo tsumu

譯註：此詩亦為代子女死於天花的父母們所作之歌。

211

　　去年春天
　　折梅花
　　給孩子觀賞
　　如今，竟成
　　供物！

☆去年の春折りて見せつる梅の花今は手向けとなりにけるかも
kyonen no haru / orite misetsuru / ume no hana / ima wa tamuke to / narinikeru kamo

譯註：此詩有前書「代子女夭亡的父母親抒發心思」，大約寫於1819年或1820年。

212
  每年春天
  蒙君賜我
  雪海苔——
  從今而後
  賜我者能有誰？

☆春ごとに君が賜ひし雪海苔を今より後は誰か賜はむ
harugoto ni / kimi ga tamaishi / yukinori o / ima yori nochi wa / tareka tamawan

譯註:「雪海苔」(yukinori)，黑海苔的別稱，北陸地區（今新潟、富山、石川、福井四縣）名產，有此稱呼據說通常是在下雪時所採取。

213

　　越後國
　　國上山麓
　　林蔭裡，我的
　　草庵在焉，
　　每日晨昏
　　我踏上
　　岩石凸出的山路
　　出門或返家。
　　彷彿面對清澄
　　之鏡，我
　　仰頭凝視
　　神聖的森林，
　　高高落下的
　　瀑布水聲
　　生氣勃勃。
　　美景珍奇迷人，
　　春來
　　群花爭艷，
　　五月
　　布穀鳥
　　振翅

來此鳴不停，
九月
陣雨潤染
紅葉，
摘之插髮上。
新珠般的時光
一年年串聯
如今已十載！

☆足びきの／国上の山の／山蔭に／庵りをしつつ／朝なけに／岩の角道／踏みならし／い行き帰らひ／十寸鏡／仰ぎて見れば／み林は／神さびませり／落ち滝つ／水音さやけし／そこをしも／あやにともしみ／春べには／花咲きたてり／五月には／山時鳥／打羽振り／来啼きどよもし／長月の／時雨の雨に／紅葉業を／折りてかざして／新珠の／年の十年を／過ごしつるかも

ashibiki no / kugami no yama no / yamakage ni / iori o shitsutsu / asanakeni / iwa no kadomichi / fuminarashi / iyuki kaerai / masukagami / augite mireba / mihayashi wa / kamisabimaseri / ochi tagitsu / mioto sayakeshi / soko o shimo / aya ni tomoshimi / harube ni wa / hana saki tateri / satsuki ni wa / yamahototogisu / uchiha furi / ki naki doyomoshi / nagatsuki no / shigure no ame ni / momijiba o / orite kazashite / aratama no / toshi no totose o / sugoshitsuru kamo

譯註：此詩是一首「長歌」（chōka，由交替的五與七音節構成、以雙七音節結束，5-7-5-7…5-7-7）。「足びきの」（足引きの／足曳の：

ashibiki no），置於「山」之前的枕詞，意思未明，此處中譯以國上山所在的「越後國」三字替之；「十寸鏡」（masukagami，亦作「真澄鏡」，清澄的鏡子），置於「見」之前的枕詞；「新珠の」（新玉の：aratama no），置於「年」、「月」、「春」等詞之前的枕詞。另錄五言中譯如下──「巍峨國上山，結庵隱幽蔭，晨起踏岩角，往復成蹊徑。仰觀神聖林，如對十寸鏡，飛瀑落清響，水音徹空明。美景迷人心，春來花艷映，五月杜鵑啼，振羽鳴不停，九月時雨降，紅葉折簪纓。十載新玉串，歲月悄然經。」

214

嚴寒冬籠去
春天又來到,
走出我草庵
托缽乞食去。
行行復行行
來到村落裡,
村中大街
叉路口,
孩子們
齊玩手毬
享受春之趣。
一二三四五六七,
啊,你們拍手毬
我來唱手毬歌,
我來拍手毬
換你們來唱歌……
我們唱又唱,
直到長長春日
一整天過去了

☆冬ごもり／春さり來れば／飯乞ふと／草の庵を／立ち出でて／里にい行けば／たまぼこの／道の巷に／子供らが／今を春べ

と／手毬つく／一二三四五六七／汝がつけば／我はうたひ／我がつけば／汝は歌ひ／つきて歌ひて／霞立つ／永き春日を／暮らしつるかも

fuyugomori / haru sarikureba / iikou to / kusanoiori o / tachiidete / sato ni i yukeba / tamaboko no / michi no chimata ni / kodomoraga / ima o harube to / temari tsuku / hi fu mi yo i mu na / na ga tsukeba / a wa utai / a ga tsukeba / na wa utai / kasumitatsu / nagaki haruhi o / kurashitsuru kamo

譯註：此詩也是一首長歌。詩開頭的「冬ごもり」（冬籠：fuyugomori），指冬日下雪、天寒，草木人獸都處於閉居狀態，與詩末的「霞立つ」（kasumitatsu, 起霞）一樣，是置於「春」之前的枕詞。詩中出現了「一二三四五六七」這一串數字，頗新鮮有趣，詩人以此「數字歌」為玩手毬的孩子們打拍子、助興。這列數字也出現在本書第325首此短歌以及第368首此漢詩裡，且似乎另具某種「禪意」，可對照讀之。良寬常將相同題材分別寫成短歌及漢詩，本書第376首之漢詩即是本首長歌之漢語變奏。另錄此歌七言中譯如下──「冬籠深居春又臨，出我草庵乞食去，行至村中街路口，群童嬉戲添春趣，手毬拍打數數歌，一二三四五六七，你拍毬時我來唱，我拍毬時你來和，拍罷唱罷霞光起，漫長春日共此度。」

215

　　長長的春日，
　　跟孩子們
　　玩手毬——
　　啊，一天
　　又過去了

☆霞立つ永き春日を子供らと手毬つきつつこの日暮らしつ
kasumi tatsu / nagaki haruhi o / kodomora to / temari tsukitsutsu /
kono hi kurashitsu

譯註：此詩可視為前一首長歌的「反歌」（附隨的短歌）。

216

    神社
    樹林裡
    和孩子們一起
    玩——真希望春日長又長
    永不要天黑！

☆この宮の森の木下に子供らと遊ぶ春日は暮れずともよし
konomiya no / mori no koshita ni / kodomora to / asobu haruhi wa / kurezu tomo yoshi

譯註：良寬喜歡跟孩子們一起玩，類似的歌另有「與孩子們／在村裡／玩手毬——啊，／真希望春日長又長／永不要天黑！」（子供らと手毬つきつつこの裡に遊ぶ春日は暮れずともよし），以及「啊，神社／樹林裡／和孩子們／在一起玩的／那些春日！」（この宮の森の木下に子供らと遊ぶ春日になりにけらしも）。

217
　　多快樂啊，
　　春日田野裡
　　和孩子們
　　攜手四處
　　採嫩菜！

☆子供らと手たづさはりて春の野に若菜を摘めば楽しくもあるかな
kodomora to / te tazusawarite / haru no no ni / wakana o tsumeba / tanoshiku mo aru kana

218
　　在路邊採
　　紫羅蘭，忘情地
　　忘了將缽
　　帶走——我
　　可憐的小缽啊

☆道のべに菫つみつつ鉢の子を忘れてぞ来しあはれ鉢の子
michi no be ni / sumire tsumitsutsu / hachinoko o / wasurete zo koshi / aware hachinoko

219
　　我忘了
　　我的小鉢，
　　卻無人取走
　　無人取走——啊，
　　我可憐的小鉢

☆鉢の子を我が忘るれども取る人はなし取る人はなし鉢の子あはれ

hachinoko o / waga wasururedomo / toru hito wa nashi / toru hito wa nashi / hachinoko aware

220

淡淡雪花中
三千大千世界
立——三千大千世界
中，雪花
淡淡降……

☆淡雪の中に建ちたる三千大千世界またその中に泡雪ぞ降る
awayuki no / naka ni tachitaru / michiōchi / mata sono naka ni / awayuki zo furu

譯註：「淡雪」與「泡雪」（皆讀作「あわゆき」：awayuki），指初春時下的像泡一樣柔軟易化的雪。「三千大千世界」（michiōchi）即「三千世界」或「大千世界」，全世界之謂。佛教的宇宙觀，集一千「小世界」為一「小千世界」，集一千「小千世界」為一「中千世界」，集一千「中千世界」為一「大千世界」——因為三個千連乘，故又稱「三千大千世界」。

221
　　月色清純的
　　傍晚
　　讓我折一枝
　　梅花妝點——
　　這清純傍晚

☆月影の清き夕べに梅の花折りてかざさむ清き夕べに
tsukikage no / kiyoki yūbe ni / ume no hana / orite kazasan / kiyoki yūbe ni

222
　　採嫩葉，
　　在貧窮人家
　　門前田地田埂上，
　　　一隻鶺鴒在鳴叫——
　　　啊，春天的確到了

☆若菜摘む賤が門田の田の畦にちきり鳴くなり春にはなりぬ
wakana tsumu / shizu ga kadota no / ta no aze ni / chikiri nakunari / haru ni wa narinu

譯註：詩中「ちきり」(chikiri)學者多認為指「鶺鴒」(せきれい：sekirei)。

223
　　流水
　　可以被
　　堤壩攔住──
　　一去不復返的
　　是年月啊

☆行く水は堰きとむこともありぬべし返らぬものは月日なりけり
yuku mizu wa / sekitomu koto mo / arinubeshi / kaeranu mono wa / tsukihi narikeri

224
　　百鳥鳴叫，從一棵樹
　　枝頭飛到另一棵──
　　啊，正是今日，
　　吾當更盡
　　一杯酒！

☆百鳥の木伝うて鳴く今日しもぞ更にや飲まむ一杯の酒
momotori no / kozutaute naku / kyō shimo zo / sarani ya noman / hitotsuki no sake

225

　　醉臥
　　舒朗
　　天空下，奇妙
　　夢見自己
　　夢於花樹下

☆久方の長閑き空に酔ひ伏せば夢も妙なり花の木の下
hisakata no / nodokeki sora ni / yoifuseba / yume mo taenari / hana no ki no shita

226

雪花,霧一般
鋪天蓋地
而來——我
錯看成
櫻花飄降……

☆ひさかたの天霧る雪と見るまでに降るは桜の花にぞありける
hisakata no / amagiru yuki to / miru made ni / furu wa sakura no / hana ni zo arikeru

譯註:「ひさかたの」(久方の:hisakata no),置於天、雪等字之前的枕詞,或有「遠方的」之意。可比較《古今和歌集》卷六無名氏此首短歌——「雪,霧一般/鋪天蓋地/而來,世界一片/白——白/梅已難辨……」(梅の花それとも見えず久方の天霧る雪のなべて降れれば:ume no hana / sore to mo miezu / hisakata no / amagiru yuki no / nabete furereba)。

227
    此園
    梅花
    燦開，而
    我已然
    老矣

☆この園の梅の盛りとなりにけり我が老いらくの時にあたりて
kono sono no / ume no sakari to / narinikeri / waga oiraku no / toki ni atarite

228
    隔著籬笆，
    庭院裡，雞
    振翅鳴叫說：
    我豈劣於
    鶯？

☆籬越し庭に羽振りて鶏は鳴く我れ鶯に劣らましやと
magakigoshi / niwa ni haburite / niwatori wanaku / ware uguisu ni / otoramashiyato

229
　　我庵
　　夏樹葉茂
　　蔭闊――
　　竟無人
　　惠肯來訪

☆わくらばに訪ふ人もなき我が宿は夏木立のみ生ひ茂つつ
wakuraba ni / tou hito mo naki / waga yado wa / natsukodachi nomi / oi shigeritsutsu

230

　　遠方山中
　　田野間
　　此夕
　　蛙鳴聲
　　響徹天……

☆足曳の山田の田居に鳴く蛙声のはるけき此夕べかも
ashibiki no / yamada no tai ni / naku kawazu / koe no haruke ki / kono yūbe kamo

譯註：此詩讓人想起對良寬歌作極為讚賞的二十紀歌人齋藤茂吉（1882-1953）寫陪將過世的母親睡覺的名作——「陪將離世的／母親靜靜／睡覺，遠處／田野的蛙鳴／響徹天際……」（死に近き母に添寢のしんしんと遠田のかはづ天に聞ゆる）。

231

　　有人問，
　　就說我在
　　乙子神社草庵
　　撿拾落葉
　　度日……

☆人問はば乙子の社の下庵に落葉拾ひて居ると答へよ
hito towaba / otoko no mori no / shita io ni / ochiba hiroite / iru to kotaeyo

譯註：可對照閱讀本書第372首良寬漢詩。

232
挨家挨戶
乞食，
看見萩花
遍開於
院子內

☆飯乞ふと我が来てみれば萩の花みぎりしみみに咲きにけらしも
iikou to / waga kite mireba / hagi no hana / migiri shimimi ni / saki ni kerashimo

譯註:「みぎり」（砌:migiri），庭院，另也指屋簷下的石庭。

233
村子裡
笛子與太鼓
樂聲喧鬧──
在此深山，入耳
唯松林之音

☆里べには笛や太鼓の音すなり深山はさはに松の音して
satobe ni wa / fue ya taiko no / oto sunari / miyama wa sawa ni / matsu no oto shite

234

  且待月亮
  生輝時,
  君方歸吧——
  山路上帶刺殼的
  栗子不時掉落……

☆月よみの光を待ちて帰りませ山路は栗の毬の落つれば
tsukiyomi no / hikari o machite / kaerimase / yamaji wa kuri no / iga no otsureba

譯註:「月よみ」(月読:tsukiyomi),又稱「月夜見」,日本的月神。此首為良寬贈答友人阿部定珍之歌。參照本書第072首俳句。

235

　　雨停時出門
　　弄濕了你衣服
　　下擺——君來
　　這兒過一夜
　　閒談如何？

☆雨晴れに裳の裾濡れて来し君を一夜ここにと言はばいかがあらむ

amahare ni / mo no suso nurete / koshi kimi o / hitoyo koko ni to / iwaba ikaga aran

譯註：此為良寬回覆友人阿部定珍之作。阿部定珍原歌如下——「秋雨／暫停時，出門／和孩子們一起／沿著山路走，／弄濕了衣服下擺……」（秋の雨の晴れ間に出でて子供らと山路たどれば裳のすそ濡れぬ：aki no ame no / hare ma ni idete / kodomora to / yamaji tadoreba / mo no suso nurenu）。

236

人云
秋夜長——
與君
促膝談
秋夜何其短!

☆秋の夜は長しと言へどさすたけの君と語れば短くもあるか
akinoyo wa / nagashi to iedo / sasutake no / kimi to katareba / mijikaku mo aru ka

譯註:可比較閱讀下面兩首短歌,一為《萬葉集》中無名氏之作「雖言／秋夜長,／要吐盡我／積累的愛／時間恨太短!」(秋の夜を長しと言へど積もりにし恋を尽くせば短くありけり);一為平安時代歌人小野小町之作「秋夜之長／空有其名,／我們只不過／相看一眼,／即已天明」(秋の夜も名のみなりけり逢ふといへば事ぞともなく明けぬるものを)。

237
>女郎花
>綻放，白露
>亂顫……我有手
>摘花，卻無
>可贈之人

☆白露に乱れて咲ける女郎花摘みて贈らむその人なしに
shiratsuyu ni / midarete sakeru / ominaeshi / tsumite okuran / sono hito nashi ni

238
>啊，蟋蟀，
>剛惦念著你
>此夕，就聽到你的
>聲音……請盡情
>鳴唱吧

☆思ひつつ来つつ聞きつるこの夕べ声を尽して鳴けきりぎりす
omoitsutsu / kitsutsu kikitsuru / kono yūbe / koe o tsukushite / nake kirigirisu

239

　　我等候的秋天
　　似乎已來到——
　　今夕
　　草地每一處
　　蟲聲響……

☆我が待ちし秋は来ぬらしこの夕べ草むらごとに虫の声する
waga machishi / aki wa kinurashi / kono yūbe / kusamuragoto ni / mushi no koe suru

240

　　搖曳生姿的
　　芒草、黃背草、藤袴花
　　摘予君見過後
　　秋野上,它們恐已
　　紛紛凋散……

☆秋の野の薄刈萱藤袴君には見せつ散らば散るとも
aki no no no / susuki karukaya / fujibakama / kimi ni wa misetsu / chiraba chiru tomo

譯註:「薄」(susuki),芒草;「刈萱」(karukaya),黃背草、黃背茅;「藤袴」(fujibakama,藤袴花),又名紫蘭、蘭草,花色近紫藤色,花瓣形如袴,因以名之,與「薄」同屬日本「秋之七草」。良寬摘秋野花草送友人阿部定珍看,阿部定珍有歌答謝,良寬又回以此歌。

241
太孤寂了,
我步出
草庵,見
秋風吹過稻葉
沙沙作響……

☆寂しさに草の庵を出て見れば稲葉押しなみ秋風ぞ吹く
sabishiha ni / kusa no iori o / dete mireba / inaba oshinami / akikaze zo fuku

242

安得廣闊
黑色
僧衣袖,
大庇
滿山紅葉
免凋零……

☆墨染めの我が衣手のゆたにありせばあしびきの山の紅葉ぢ覆はましもの

sumizome no / waga koromode no / yutani ariseba / ashibiki no / yama no momijiba / ōwamashi mono

譯註：此詩亦為由5-7-7、5-7-7音節構成的「旋頭歌」。「ゆたに」（寛に：yutani），寬闊的、廣闊的；「ありせば」（ariseba），「如果有」之意；「あしびきの」（足引きの／足曳の：ashibiki no），置於「山」之前的枕詞，此處未譯出。此詩讓人想到杜甫（712-770）〈茅屋為秋風所破歌〉中之句「安得廣廈千萬間，大庇天下寒士俱歡顏……」，以及日本《後撰和歌集》（約957年編成）裡的無名氏短歌「願得遮天／蔽日大袖，／不讓盛開的／櫻花／任風吹走」（大空に覆ふばかりの袖もがな春咲く花を風に任せじ），還有紫式部（約970-1014）《源氏物語》第44帖「竹河」中的短歌「安得廣大／遮天衣袖，／庇天下櫻花／免遭風吹落／香散一地？」（桜花匂ひあまたに散らさじとおほふばかりの袖はありやは）。

243

佇立
山寺前，
朝霧中
紅葉
朦朧見

☆朝霧に立ちこめられし紅葉葉のかすかに見ゆる寺の山かも
asagiri ni / tachikome rareshi / momijiba no / kasuka ni miyuru / tera no yama kamo

譯註：此山寺即國上寺。「かすか」（幽か／微か：kasuka），朦朧、模糊。

244

暮色中
翻越
國上山
聽見山頂
鹿鳴叫，
山腳下
紅葉四散；
一聲聲鹿鳴
彷彿悲泣
讓人越加
為紅葉
感傷……

☆たそがれに／国上の山を／越え来れば／高根には／鹿ぞ鳴くなり／麓には／紅葉ちりしく／鹿のごと／音にこそ泣かね／紅葉ばの／いやしくしくに／ものぞ悲しき

tasogare ni / kugami no yama o / koekureba / takane ni wa / shika zo nakunari / fumoto ni wa / momiji chirishiku / shika no goto / o ni koso nakane / momijiba no / iyashikushiku ni / mono zo kanashiki

譯註：此詩由5-7-5-5-7-5-7-5-7-5-7-7音節，共十二句構成，應屬一首變體的長歌。「たそがれ」（黃昏：tasogare），黃昏、夕暮；「いやしくしく」（弥頻く頻く：iyashikushiku），越來越加（感傷）之意。

245
夕暮中
翻越
國上山,
樹葉四散
袖寒……

☆夕暮に国上の山を越え来れば衣手寒し木の葉散りつつ
yūgure ni / kugami no yama o / koekureba / koromode samushi / konoha chiritsutsu

譯註：此詩為前一首長歌所附的短歌（「反歌」）。

246

　　他將野宿
　　何處啊，
　　漆黑的深夜
　　寒風
　　如此強猛

☆いずこにか旅寝しつらむぬば玉の夜半の嵐のうたて寒きに
izuko ni ka / tabine shitsuran / nubatama no / yowa no arashi no / utate samuki ni

譯註：此詩有前書「陰曆十月頃，一著蓑衣之旅人立於草庵門前乞討，我脫下身上的舊衣服送給他，當晚寒風強猛」。「ぬばたまの」（烏玉の：nubatama no）為置於「夜」之前的枕詞。

247

　　岩室
　　田野中
　　一棵松孤立,
　　今日見
　　陣雨
　　浸透此孤立
　　之松——
　　你如果是人
　　當借你我笠
　　披我蓑衣
　　啊,可憐一孤松

☆岩室の／田中に立てる／一つ松の木／今日見れば／時雨の雨に／濡れつつ立てり／一つ松／人にありせば／笠貸さましを／蓑着せましを／一つ松あはれ

iwamuro no / tanaka ni tateru / hitotsu matsu no ki / kyō mireba / shigure no ame ni / nuretsutsu tateri / hitotsu matsu / hito ni ariseba / kasa kasamashi o / mino kisemashi o / hitotsu matsu aware

譯註:此詩亦屬長歌,流露良寬民胞物與之心。「岩室」(iwamuro),地名,即新潟縣岩室村。另錄七言中譯如下——「岩室田中一孤松,今睹寒雨浸其身,若教此木能為人,當贈蓑衣與笠篷——憐哉田中一孤松!」

248

　　砍柴，
　　汲清水，
　　摘菜——
　　趁陣雨
　　未降時……

☆柴や伐らむ清水や汲まむ菜や摘まむ時雨のあめの降らむまぎれに
shiba ya koran / shimizu ya kuman / na ya tsuman / shigure no ame no / furan magire ni

249

　　啊，出去乞食
　　砍柴，汲取
　　岩間
　　苔清水吧，在
　　陣雨暫歇時

☆飯乞はむ真柴や伐らむ苔清水時雨の雨の降らぬ間に間に
iikowan / mashiba ya koran / kokeshimizu / shigure no ame no / furanu manimani

250
　徹夜，
　我居於
　草庵中聽
　雪珠穿過杉葉
　急落……

☆夜もすがら草の庵に我おれば杉の葉しぬぎ霰降るなり
yomosugara / kusanoiori ni / ware oreba / sugi no ha shinugi / arare furunari

251

 對面
 山岡上,一隻
 雄鹿立著——
 十月
 冷冷陣雨中
 濕淋淋立著……

☆やまたづの向かひの岡に小牡鹿立てり神無月時雨の雨に濡れつつ立てり

yamatazu no / mukai no oka ni / saoshika tateri / kaminazuki / shigure no ame ni / nuretsutsu tateri

譯註:此首5-7-7、5-7-7,三十八音節構成的旋頭歌,是刻於新潟縣長岡市島崎隆泉寺良寬墓碑上之歌作。「やまたづの」(yamatazu no,意謂接骨木枝葉對生)是置於「向かひ」(對面)之前的枕詞,此處未譯出。

252

　　臥病在床
　　把腳伸向埋在
　　灰裡的炭火
　　取暖：今夜寒氣
　　依舊浸透我腹

☆埋み火に足さしくべて臥せれども今度の寒さ腹に通りぬ
uzumibi ni / ashi sashi kubete / fuseredomo / kotabi no samusa / hara ni tōrinu

譯註：此詩有題「臥病久矣」。

253

越後國
國上山
冬寒眾物蟄居，
日日白雪
紛紛降
往來道路
人跡絕，
家鄉人音
不得聞。
遠離塵世我庵
門深鎖，
飛驒國木匠
所拉墨繩般
一線僅存的
岩間清水
是命之所繫，
支撐我度過
今年冬天
直至今日！

☆あしびきの／国上の山の／冬ごもり／日に日に雪の／降るなべに／行き来の道の／跡も絶え／古里人の／音もなし／うき世

をここに／門鎖して／飛驒の工が／打つ縄の／ただ一すじの／岩清水／その命にて／新玉の／今年の今日も／暮くらしつるかも

ashibiki no / kugami no yama no / fuyugomori / hinihini yuki no / furunabe ni / yukiki no michi no / ato mo tae / furusato hito no / oto mo nashi / ukiyo o koko ni / kado sashite / hida no takumi ga / utsu nawa no / tada hitosuji no / iwashimizu / sono inochi nite / aratama no / kotoshi no kyō mo / kurashitsuru kamo

譯註：此詩是一首長歌。「飛驒の工」（hida no takumi，飛驒國木匠），指從飛驒國（今岐阜縣北部）上京服公役的木匠；「新玉の」（aratama no），置於「年」之前的枕詞（固定修飾語），此處未譯出。另錄五言中譯如下——「越後國上山，冬寒萬物蟄，白雪日日降，徑絕人跡滅，故音久不聞，門鎖遠浮世，飛驒匠繩直，一線岩清水，活我嚴冬命，新玉映今朝。」

254

　　夜深
　　不聞岩間
　　瀑布聲，
　　應是雪降紛紛
　　已厚積山頂

☆小夜ふけて岩間の滝つ音せぬは高嶺のみ雪降り積もるらし
sayofukete / iwama no takitsu / oto senu wa / takane no miyuki / furitsumorurashi

譯註：此詩是前一首長歌的「反歌」。

255

　　啊，塵世之人
　　豈知
　　草庵
　　冬夜的
　　孤寂？

☆柴の戸の冬の夕べの淋しさを浮世の人のいかで知るべき
shiba no to no / fuyu no yūbe no / sabishisa o / ukiyo no hito no / ikade shirubeki

256

雪降紛紛
積滿山,
夕暮來臨
我感覺我的心
也隱沒無跡了

☆み山びの雪降り積もる夕ぐれは我が心さへ消ぬべく思ほゆ
miyamabi no / yuki furitsumoru / yūgure wa / waga kokoro sae / kenubeku omouyu

257

樹葉
紛紛飄落如
雨,今朝山中
草庵裡聽到陣雨
啪嗒啪嗒落於葉上⋯⋯

☆はらはらと降るは木の葉の時雨にて雨を今朝聞く山里の庵
harahara to / furu wa konoha no / shigure nite / ame o kesa kiku / yamazato no io

258
　　不能去
　　村裡
　　托缽乞食了
　　昨日今日
　　雪下個不停……

☆飯乞ふと里にも出でずなりにけり昨日も今日も雪の降れれば
iikou to / sato nimo idezu / narinikeri / kinō mo kyō mo / yuki no furereba

259
　　夜裡的強風啊
　　不要吹得
　　那麼厲害，
　　獨居柴庵
　　孤寂哪

☆小夜嵐いたくな吹きそさらでだに柴の庵は淋しき物を
sayoarashi / itaku na fukiso / saradedani / shiba no iori wa / sabishiki mono o

260

　　無論醒或寐
　　所思者唯
　　如何步入
　　佛道
　　正途

☆いかにせば誠の道にかなはむとひとへに思ふ寝ても覚めても
ikani seba / makoto no michi ni / kana wa muto / hito e ni omou / nete mo samete mo

261

　　想方設法
　　步上佛道
　　正途，
　　即便只
　　千歲中的一日！

☆いかにして誠の道にかなひなむ千歳のうちにひと日なりとも
ikani shite / makoto no michi ni / kana hi namu / chitose no uchi ni / hitohi nari tomo

262

    在如夢的人世
    一次次做夢……
    旅途
    夢醒，悲從
    中來

☆夢の世に亦夢結ぶ旅の宿寝覚淋しふ物や思わる

yume no yo ni / mata yume musubu / tabi no yado / nezame sabishiu / mono ya omowaru

263

    啊，早知
    浮生若是，
    寧做
    深山中
    草木

☆かくばかり憂き世と知らば奥山の草にも木にもならましものを

kakubakari / ukiyo to shiraba / okuyama no / kusa nimo ki nimo / naramashi mono o

264

涙濕
我襟,
當我思及
浮生
情事……

☆我が袖はしとどに濡れぬ空蟬のうき世の中のことを思ふに
waga sode wa / shitodo ni nurenu / utsusemi no / ukiyo no naka no / koto o omouni

譯註:「空蟬の」(utsusemi no),置於「世」之前的枕詞,此處未譯出。

265

老身
悲苦
向誰訴?丟失了
手杖,夕暮中
姍姍而歸……

☆老が身のあわれを誰に語らまし杖を忘れて帰る夕暮
oi ga mi no / aware o tare ni / kataramashi / tsue o wasurete / kaeru yūgure

266

何以還
這樣那樣
爭不休，不知
浮世只是
珠中影？

☆かれこれと何あげつらむ世の中は一つの珠の影と知らずて
karekore to / nani agetsuramu / yononaka wa / hitotsu no tama no / kage to shirazute

譯註：「かれこれ」（彼此：karekore），這樣那樣；「あげつらむ」（agetsuramu），計較、爭論之意；「知らずて」（shirazute），「卻不知」之意，「ず」（zu）表示否定。

267

誰發明了
「老來樂」一詞？
告訴我，
我要約他出來
跟他吐槽

☆老いらくを誰が始めけむ教へてよいざなひ行きて恨みましものを

oiraku o / ta ga hajimeken / oshiete yo / izanai yukite / uramimashi mono o

譯註：「老いらく」（oiraku），有兩意，一為「老年」，另一為「老年的安樂」（老い楽：oiraku）。

268

　　在現實或
　　夢中，我並不
　　期待任何訪客，
　　但「老」
　　卻老是來訪

☆をつつにも夢にも人の待たなくに訪ひ来るものは老いにぞありける

otsutsu nimo / yume nimo hito no / matanaku ni / toikuru mono wa / oi ni zo arikeru

譯註：「をつつ」（おつつ／現：otsutsu），現實；「待たなく」（matanaku），「不等待」之意；「訪ひ来る」（toikuru），來訪；「ぞありける」（zo arikeru），意即（不請自來的）「原來是／總是（老）啊」。

269

自古以來,聽說
有不老不死的
「常世之國」──
但不知其「道」
如何可行?

☆昔より常世の国はありと聞けど道を知らねば行くよしもなし
mukashi yori / tokoyo no kuni wa / ari to kikedo / michi o shiraneba / yuku yoshi mo nashi

譯註:「常世の国」(tokoyo no kuni),古代日本人想像的遙遠之國,長生不老之仙境。

270

　　白雪
　　降且消──
　　然而,如果
　　落在你頭上,
　　就不會消……

☆白雪は降ればかつ消ぬしかはあれど頭に降れば消えずぞありける

shirayuki wa / fureba katsu kenu / shika wa aredo / kashira ni fureba / kiezu zo arikeru

譯註:「かつ」(且:katsu),且、並且。白雪落在頭上,表示頭髮變白。

271

以前只看到
白雪落在
別人家——如今我
發現它一層層降
積於我身上頭上

☆白雪をよそにのみ見て過ぐせしがまさに我が身に積もりぬるかも

shiyayuki o / yoso ni nomi mite / suguseshi ga / masani wagami ni / tsumorinuru kamo

譯註：此詩有前書「年終照鏡」。「よそ」（余所：yoso），別處、別人家。

272

　　世間凡人
　　凡心之
　　煩惱，可以在
　　出生之前
　　就蒙佛解脫嗎？

☆現し身の現心のやまぬかも生まれぬ先に渡しにし身を
utsushimi no / utsutsugokoro no / yamanu kamo / umarenu saki ni / watashi ni shi mi o

273

　　我連在
　　尚未吃完的
　　白粥底
　　都看得見自己
　　無依的身影

☆我だにもまだ食ひ足らぬ白粥の底にも見ゆる影法師かな
ware dani mo / mada kuitaranu / shirakayu no / soko nimo miyuru / kagebōshi kana

274

　　在送給人的
　　信上寫出
　　美美的字,
　　真是
　　一樂啊

☆人に贈る手紙の文字の美しく書けたる後の一時たぬし
hito ni okuru / tegami no moji no / utsukushiku / kaketaru nochi no / hitotoki tanushi

譯註:書法自成一體的良寬,看著自己剛寫好的給朋友的信上美美的字跡,一時之間喜不自勝。「たぬし」(楽し:tanushi),愉快、高興。

275

　　我並非
　　厭世──
　　只是已
　　習慣山中一日
　　又一日閑度

☆世の中を厭ひはつとはなけれども慣れしよすがに日を送りつつ

yononaka o / itoi hatsu to wa / nakeredomo / nareshi yosuga ni / hi o okuritsutsu

譯註:「厭ひはつ」(厭ひ果つ:itoi hatsu),厭到極點;「なけれども」(nakeredomo),雖非、並非;「慣れし」(nareshi),習慣了的;「よすが」(縁:yosuga),依靠、方式;「日を送りつつ」(okuritsutsu),一日一日度過光陰。

【木村邸內庵室時期】（1826-1831，69-74歲）

276

　　今夕
　　遠近蟲鳴聲
　　可聞——
　　啊，秋天
　　近了

☆この夕べ遠近虫の音すなり秋は近くもなりにけらしも
kono yūbe / ochikochi mushi no / oto su nari / aki wa chikaku mo / narinikerashimo

譯註：良寬於1826年10月，從國上山麓乙子神社搬至島崎富商木村元右衛門家邸內的庵室居住，在此安度過他生命最後的五年。此詩為1827年之作。

277

啊,摘秋野
萩花,再添上
芒草花——
作為獻給
三世諸佛之禮!

☆秋の野の萩に薄を折り添へて三世の仏に奉りてむ
aki no no no / hagi ni susuki o / orisoete / miyo no hotoke ni / tatematsuriten

譯註:「三世」(miyo),指過去、現在、未來。

278

　　我如果來
　　吃你們園裡的
　　海棠果,請不要
　　把我當成小鳥
　　打我啊!

☆鳥と思ひてな打ち玉ひそ御園生の海棠の実を食みに来し我を
tori to moite / na uchi tamai so / misonou no / kaidō no mi o / hami ni koshi wa o

譯註:「打ち玉ひ」(uchi tamai),「給我打」、打我之意,「玉ひ」即「給ひ」;「御園生」(misonou),庭園、花園、園子,「御」是尊稱。

279
  仲春二月
  雪降
  不絕——是不是因為
  君久久才來一次
  不讓你走！

☆如月に雪の隙なく降ることはたまたま来ます君をやらじと
kisaragi ni / yuki no hima naku / furu koto wa / tamatama kimasu / kimi o yaraji to

譯註：此詩寫於1828年2月。詩中的「君」指良寬的弟弟由之。參見本書第458首之漢詩。

280

　　昔日，梅樹下共飲

　　花瓣漂浮你我

　　酒杯中——如今

　　梅花只是徒然

　　飄落一地……

☆その上は酒に浮けつる梅の花土に落ちけりいたづらにして
sonokami wa / sake ni uketsuru / ume no hana / tsuchi ni ochikeri / itazura ni shite

譯註：此詩有前書「二月十日頃，托缽乞食行至真木山，訪有則舊居，今已成田野。見一株梅樹，思及昔日之情乃詠此歌」。有則即良寬友人，和歌、俳句、漢詩兼擅的醫生原田鵲齋，先前住在舊分水町真木山。

281

孩子們,我們
上山
賞紫羅蘭吧,
如果明天花謝了
該如何?

☆いざ子供山べに行かむ菫見に明日さへ散らば如何にとかせむ
iza kodomo / yamabe ni yukan / sumire mi ni / asu sae chiraba / ikani tokasen

譯註:「いざ」(iza),來吧、走吧;「とかせむ」(tokasen),表疑問,「該怎麼辦」之意。

282

身貧,未能
擁有筆紙
苦矣——
昨天向寺裡借用
今天向醫生家

☆水茎の筆紙持たぬ身ぞつらきき昨日は寺へ今日は医者どの
mizuguki no / hisshi motanu / mi zo tsuraki / kinō wa tera e / kyō wa ishadono

譯註:「水茎」(mizuguki)意為筆跡、毛筆書寫的文字,或毛筆,「水茎の」(mizuguki no)是置於「筆」之前的枕詞,此處未譯出。良寬此詩寫於1828年,詩中的「寺」指島崎的隆泉寺,醫生家(「医者どの」/医者殿:ishadono)指良寬所住的木村家附近的桑原家。

283

啊,但願能
扣留下眾人的
悲嘆、怨恨,
讓我一人
承受!

☆諸人のかこつ思ひをとめ置きて己一人に知らしめんとか
morobito no / kakotsu omoi o / tomeokite / onore hitori ni / shirashimen toka

譯註:1828年11月12日,日本新潟縣三條大地震,死者一千六百餘人,傷者二千七百餘人,房屋全毀一萬三千多間,燒毀一千二百多間,半毀九千三百多間,悲痛的良寬為此寫了多首詩歌(包括漢詩,參見本書第459首),此處這首短歌與下一首即為其二。此詩另有前書「久病之身」,疾病纏身的良寬痌瘝在抱,民胞物與,思以一己弱軀承接、包納眾生愁苦。

284

若我驟死
便罷——但我
倖存，要長久地
憂睹、領受
人間悲苦……

☆うちつけに死なば死なずて永らへてかかる憂き目を見るがわびしさ

uchitsuke ni / shinaba shinazute / nagaraete / kakaru ukime o / miru ga wabishisa

譯註：原詩可作「打付けに／死なば死なずて／永らへて／斯かる憂き目を／見るが侘しさ」。直譯大致為「若突然死去／便罷，不死／卻長久活著，／目睹如此悲慘景況，／真是滿懷悽愴」。「うちつけに」（打付けに：uchitsuke ni），突然地、驟然地；「死なば」（shinaba），如果死去；「死なずて」（shinazute），不死而……；「永らへて」（nagaraete），倖存、長存；「かかる」（斯かる：kakaru），如此、這樣；「憂き目」（ukime），痛苦、磨難、悲慘景況；「わびしさ」（侘しさ：wabishisa），悲哀、悽愴。良寬在1828年11月18日寄給友人阿部定珍與山田杜皐的信中，都附了這首短歌。在給山田杜皐的信中，此詩後良寬寫有底下文字——「然而，災難來臨時即面對災難，死亡臨頭時即接受死亡，此乃避開災難之妙法也」（しかし災難に遭時節には災難に遭がよく候。死ぬ時節には死ぬがよく候。是はこれ災難をのがるる妙法にて候）。

285

雪交雜著
風落下,
風交雜著
雪刮起,
把腳伸向埋在
灰裡的炭火
百無聊賴地
閉居於
草庵中。
屈指數日子,
驚覺二月
如夢般
來了又去……

☆風まぜに／雪は降りきぬ／雪まぜに／風は吹ききぬ／埋み火に／足さし伸べて／つれづれと／草の庵に／閉ぢこもり／うち数ふれば／如月も／夢の如くに／過ぎにけらしも

kaze maze ni / yuki wa furikinu / yuki maze ni / kaze wa fukikinu / uzumibi ni / ashi sashinobete / tsurezure to / kusanoiori ni / tojikomori / uchikazoureba / kisaragi mo / yume no gotoku ni / sugi ni kerashimo

譯註：此首長歌有題「二月末降雪」，為良寬死前一年（1830年）之作，開頭的節奏、意念頗似《萬葉集》歌人山上憶良（660-733）

名作〈貧窮問答歌〉篇首——「風雜／雨降夜，／雨雜／雪降夜……」(風雜り／雨降る夜の／雨雜り／雪降る夜は……：kaze majiri / ame furu yo no / ame majiri / yuki furu yo wa……)。良寬對《萬葉集》歌作應頗熟悉。

286

好吧,
我就躍坐於
蓮花上,
讓人們說我是
一隻青蛙!

☆いざさらば蓮の上にうち乗らむよしや蛙と人は言ふとも
iza saraba / hachisu no ue ni / uchinoran / yoshiya kawazu to / hito wa iu tomo

譯註:此詩為良寬回覆其弟由之之作。1830年3月,由之送良寬一個有蓮花圖案的蒲團,祝其兄健康長壽。

287

我悉心
栽植的
種種花草——
就任憑風
發落了……

☆手もすまに植ゑて育てし八千草は風の心に任せたりけり
temosumani / uete sodateshi / yachigusa wa / kaze no kokoro ni / makasetarikeri

288

　　我是草叢中的
　　螢火蟲——
　　妹子啊,請
　　夜夜賜我
　　黃金水!

☆草叢の螢とならば宵宵に黄金の水を妹賜ふてよ
kusamura no / hotaru to naraba / yoiyoi ni / kogane no mizu o / imo tamaute yo

譯註:良寬常出入友人、酒商山田杜皋家,受其招待,山田家人暱稱良寬為「螢」。此詩甚有趣,是良寬贈謝山田家人三首歌作之一。詩中的「妹子」指山田杜皋之妻。「黃金水」是良寬大愛的「酒」的美稱。

289

　　愈來愈冷，
　　如今，螢火蟲
　　無力發光了⋯⋯
　　誰賜我
　　黃金水啊

☆寒くなりぬ今は螢も光なし黃金の水を誰れかたまはむ
samuku narinu / ima wa hotaru mo / hikari nashi / kogane no mizu o / tare ka tamawan

譯註：「黃金水」也是江戶時代的「靈藥」名。入冬天寒，體衰的良寬身上「電力」漸弱，對他來說，最好的能源、最佳的靈藥，就是黃金般的酒。「なし」（無し：nashi），無、沒有；「たまはむ」（賜はむ：tamawan），表願望、推測，「能否賜予」之意。

290

  兩手發酸
  在山中田地裡
  忙著栽種的少女們
  連歌聲都
  略帶著哀愁⋯⋯

☆手もたゆく植うる山田の乙女子が歌の声さへやや哀れなり
te mo tayuku / ūru yamada no / otomego ga / uta no koe sae / yaya awarenari

譯註:「たゆく」(懈く:tayuku),疲累、發酸;「さへ」(sae),連⋯⋯都;「やや」(稍:yaya),稍微、略微。

291

　　我有什麼遺物
　　留給你們？──
　　春花，山中
　　杜鵑鳥鳴，
　　秋日紅葉……

☆形見とて何か残さむ春は花山ほととぎす秋はもみぢ葉
katami tote / nanika nokosan / haru wa hana / yama hototogisu / aki wa momijiba

譯註：「形見とて」（katami tote），作為遺物、作為紀念；「ほととぎす」（時鳥／杜鵑：hototogisu），即布穀鳥、杜鵑鳥；「もみぢ葉」（もみぢば／紅葉葉／紅葉：momijiba），即紅葉。此詩可視為良寬辭世之歌。良寬晚年臥病在床，頗受痔痛、下痢之苦，周圍之人見其可能不久人世，問有何東西留予大家，他說他所居斗室無任何長物，乃詠此歌以報。底下為七言中譯──「身後何物堪留世，春有櫻花夏鵑鳴，秋來紅葉映滿山，四季輪迴是我形」。1968年諾貝爾文學獎得主川端康成在其受獎演說辭中曾引用良寬此詩。道元禪師《傘松道詠集》有歌「春花，／夏杜鵑，／秋月，／冬雪／清冷」（春は花夏ほととぎす秋は月冬雪さえて冷しかりけり）。

292
　　暮色中
　　山岡上的松樹
　　若能人語
　　我將問它
　　古昔事

☆夕暮れの岡の松の木人ならば昔のことを問はましものを
yūgure no / oka no matsunoki / hitonaraba / mukashi no koto o / towamashi mono o

293
　　山居
　　寂寥閑趣
　　向誰言──
　　日暮，藜菜滿籠
　　歸途中

☆山住みのあはれを誰に語らまし藜籠に入れ帰る夕暮れ
yamazumi no / aware o tare ni / kataramashi / akaza ko ni ire / kaeru yūgure

譯註：「藜」（akaza），藜菜，又名灰菜或野灰菜，一年生草本，幼苗和嫩葉可食用，多生於野外，頗富營養，被當成救荒植物。

294

    雙手恭敬捧著
    友人所贈
    七寶般
    七個
    紅色石榴……

☆紅の七の宝を諸手しておし戴きぬ人の賜物

kurenai no / nana no takara o / morote mote / oshiitadakinu / hito no tamamono

譯註：「七寶」指佛教教典上所說金、銀、琉璃、水晶、硨磲、珊瑚、瑪瑙等七種寶物。詩中友人指住在新津的桂東悟之妻桂時子，她隨良寬弟由之習和歌，送給良寬七顆石榴。良寬應是愛吃石榴的人，手捧「寶物」，心懷感激……

295

　　以指甲刮食之，
　　以指尖掐裂食之，
　　以手剝開食之，
　　然後——
　　嗯，放進口中……

☆掻きてたべ摘み裂いて食べ割りて食べさてその後は口も放たず

kakite tabe / tsumi saite tabe / warite tabe / sate sono nochi wa / kuchi mo hanatazu

譯註：此首寫「食瓜」之詩，一看就讓人覺得怪異而有趣，另有前書謂「中間部分爛掉而有苦味」。但我們也許不能以「怪異」視之或嘲笑之，因為寫作此詩時的「最晚年」良寬，可能已行動不靈、齒力衰退，自己要吃瓜，不免「手忙指亂」。美國詩人史蒂文斯（Wallace Stevens，1879-1955）有一首頗有名的詩叫〈十三種看黑鶇的方法〉。良寬此詩也可仿而稱為〈多種食瓜之法〉。但不管吃法是以指甲刮、以指尖掐裂、以手剝開，最重要的一端當然是——「放進口中」，涓滴不漏，管它是甜是苦是熟是脆是爛……

258

296

　　這些白雪
　　是多麼
　　無情之物啊,
　　居然在君要來之日
　　下個不停……

☆心なき物にもあるか白雪は君が来る日に降るべき物か
kokoro naki / mono nimo aru ka / shirayuki wa / kimi ga kuru hi ni / furubeki mono ka

譯註：此詩應為良寬死前半個月內之作。1830年12月25日良寬弟由之驚聞良寬下痢不停、病情嚴重,趕來探視,當日恰好降雪,良寬遂有此作。病重猶不輕言棄筆,以詩為一生口舌如是!「心なき」(心無き：kokoro naki),無情、絕情。

297

　　漆黑的
　　夜裡，我整夜
　　腹瀉不止……
　　天亮後
　　大白晝跑廁所
　　啊，照樣來不及

☆ぬば玉の夜はすがらに糞まり明かしあからひく昼は厠に走りあへなくに

nubatama no / yoru wa sugara ni / kuso mari akashi / akarahiku / hiru wa kawaya ni / hashiri aenaku ni

譯註：此詩為5-7-7、5-7-7，三十八音節構成的「旋頭歌」，可見生命最後階段的良寬受下痢之苦的慘狀，頗令人不捨。「ぬば玉の」（烏玉の：nubatama no），置於「夜」前的枕詞；「あからひく」（赤ら引く：akarahiku），置於「昼」（hiru）之前的枕詞。「すがら」（sugara），自始至終、一直；「あへなく」（敢へ無く：aenaku），無能為力、無法，趕不及之意。

298
　　請君
　　來我家
　　看闊葉芭蕉吧，
　　若被秋風吹破
　　就太可惜了，
　　闊葉的芭蕉……

☆我が宿の葉広芭蕉を見に来ませ君秋風に破れば惜しけむ葉広の芭蕉

waga yado no / habiro bashō o / mi ni kimase kimi / akikaze ni / yabureba oshikemu / habiro no bashō

譯註：此詩亦為一首「旋頭歌」。

299

  去年種植的
  野菊花
  此刻已燦開,
  正與露珠
  競妍……

☆去年植ゑし野菊の花は此頃の露に競ふて咲きにけるかな
kozo ueshi / nogiku no hana wa / konogoro no / tsuyu ni kiōte / sakinikeru kana

300

  我的草庵
  在你家後面那一側,
  黃昏時
  在我籬笆下
  蟲子們聲聲鳴

☆我庵は君が浦端夕されば籬にすだく虫の声声
waga io wa / kimi ga urahata / yūsareba / magaki ni sudaku / mushi no koegoe

301
　　你來唱歌吧
　　我當起而舞之，
　　今宵月明
　　如許，安可
　　輕易就寢！

☆いざ歌へ我立ち舞はむひさかたの今宵の月に寝ねらるべしや
iza utae / ware tachimawan / hisakata no / koyoi no tsuki ni / inerarubeshi ya

譯註：此詩有題「七月十五之夜所詠」，是夜良寬友人來訪。「ひさかたの」（久方の：hisakata no），置於「月」之前的枕詞，此處未譯出。

302

風清,月明,
我們一起
盡情跳舞吧,
讓老年的餘波、
餘韻永盪……

☆風は清し月はさやけしいざともに踊り明かさむ老の名残に
kaze wa kiyoshi / tsuki wa sayakeshi / iza tomoni / odori akasan / oi no nagori ni

譯註:此詩有題「盂蘭盆節之歌」,又註「在七月十五之夜所詠」,所詠乃盂蘭盆節夜晚與友人們一起舞踊(「盆踊」)之景。

303

若有人問
我家在何方,
請答:
銀河河灘
之東……

☆我が宿をいづこと問わば答ふべし天の河原のはしの東と
waga yado o / izuko to towaba / kotaubeshi / amanokawara no / hashi no higashi to

304

　　舉世都忙於
　　為神佛獻上供物,
　　我在我庵
　　畫年糕
　　敬奉神佛

☆世の中は供へとるらし我庵は餅を絵に描きて手向けこそすれ
yononaka wa / sonae torurashi / waga io wa / mochi o e ni kakite / tamuke koso sure

譯註：此詩有前書「在歲暮」。「手向け」(tamuke)，獻給神佛的供奉品。

305

我並非不與世人
交往：是因為
我更喜
愛獨
遊

☆世の中にまじらぬとにはあらねどもひとり遊びぞ我は勝れる
yononaka ni / majiranu to ni wa / aranedomo / hitori asobi zo / ware wa masareru

譯註：「まぢらぬ」（交じらむ：majiranu），不交往，「ぬ」（nu）表示否定。本詩可與第496首之漢詩對照閱讀。。

306

草庵裡
伸展雙腿，
聽山中稻田裡
青蛙鳴叫——
一樂哉

☆草の庵に足さしのべて小山田のかはづの声を聞かくしよしも
kusa no io ni / ashi sashinobete / oyamada no / kawazu no koe o / kikakushi yoshi mo

307

　　我朝夕眺望
　　佐渡島——啊，
　　親愛的母親教我
　　用目光串取的
　　她留下的紀念品……

☆たらちねの母が形見と朝夕に佐渡の島べをうち見つるかも
tarachine no / haha ga katami to / asayū ni / sado no shimabe o / uchimitsuru kamo

譯註：此詩有前書「近日皆在出雲崎」。新潟縣出雲崎是良寬出生地，屬新潟縣的佐渡島則是良寬母親出生地。「たらちねの」（垂乳根の：tarachine no），是置於「母」或「親」等詞之前的枕詞。與良寬同時代的小林一茶，1812年有一首思念亡母之作「我死去的母親——／每一次我看到海／每一次我……」（亡き母や海見る度に見るたびに），或可比較閱讀。

308

　　你沿著暗夜
　　哪一條夢中道路
　　摸索到我這兒？
　　周邊的山
　　依然雪深呢！

☆いづくより夜の夢路をたどり來しみ山はいまだ雪の深きに
izuku yori / yoru no yumeji o / tadori koshi / miyama wa imada / yuki no fukaki ni

譯註：此詩有前書「夢見由之，而後醒來」。良寬的弟弟由之也是和歌好手，兩人時有詩歌往返。「いづく」（いずく／何処：izuku），何處、哪裡；「より」（yori），自、從；「たどり」（辿り：tadori），沿路前進、邊走邊找；「いまだ」（imada），仍然、依然。

309

據說曾被
古人
所持有——這
可貴的器具
如今歸我所得！

☆古しへにありけん人の持てりてふ大御器を我はも得たり
inishie ni / ariken hito no / moteri chō / ōmiutsuwa o / ware wa mo etari

譯註：此詩與下一首有題「水瓶之歌」，是良寬詠其弟由之送給他的一銅製「神代祝瓶」（向神祈福之水瓶）組作中的兩首。

310

從今起，
你將一塵不染——
早晚我都會
觀賞、照料你
不讓你寂寞！

☆今よりは塵をも据ゑじ朝な夕な我見栄やさんいたくなわびそ
ima yori wa / chiri o mo sueji / asanayūna / ware mihayasan / itaku na wabi so

311

　　其形，
　　其色，其名，
　　其文——
　　似乎都非
　　此塵世之物

☆形さへ色さへ名さへ文さへにこの世のものと思はれなくに
katachi sae / iro sae mei sae / aya sae ni / konoyo no mono to / omowarenaku ni

譯註：「文」（aya），指「模樣」。谷川敏朗校注的《良寬全歌集》中說，此詩似乎是一首讚美器皿、器物之歌。其他選本裡，此詩另有前書「楊貴妃畫贊」。

312

  見筆跡——
  雙眼
  淚水迷濛,
  父親往昔身影
  歷歷在目……

☆みづぐきの跡も涙にかすみけり在りし昔のことを思ひて
mizuguki no / ato mo namida ni / kasumikeri / arishi mukashi no / koto o omoite

譯註:此詩有前書「見父親遺墨」,為良寬睹物思人,懷念亡父之作。「みづぐき」(水莖:mizuguki),意為筆跡、毛筆書寫的文字,或毛筆;「かすみけり」(翳みけり:kasumikeri),變得模糊、迷濛;「在りし」(arishi),過去的;「こと」(事:koto),事情。良寬父親以南也是傑出詩人,是北越後地區蕉風俳句中興之祖,代表作譬如此句「腳步/微醺,輕輕盈盈/春風中……」(ほろ酔ひの足もと軽し春の風:horoyoi no / ashimoto karushi / haru no kaze),很多人誤為良寬之作。

313

　　未卜明日
　　寄身處，
　　何如
　　今日
　　當下醉

☆明日よりの後のよすがはいさ知らず今日の一と日は酔ひにけらしも

asu yori no / nochi no yosuga wa / isa shirazu / kyō no hitohi wa / yoi ni kerashimo

譯註：「よすが」（因／縁：yosuga），寄託、依靠；「いさ知らず」（isa shirazu），實在不知、無法得知，「ず」（zu）表示否定。

314

斗笠飄天空，
草鞋也脫落了，
蓑衣飛得遠遠的——
帶回家的土產
唯我這孑然一身！

☆笠は空に草鞋は脱げぬ蓑は飛ぶ我が身一つは家の苞とて
kasa wa sora ni / waraji wa nugenu / mino wa tobu / wagami hitotsu wa / ie no tsuto tote

譯註：良寬生命最後五年，借住於島崎木村家庵室，但仍不時外出托缽。某次良寬乞食於某戶人家，一夜歡飲暢談，翌日歸途中風雨大作，良寬身上斗笠、草鞋、蓑衣盡被吹失，僅餘孑然一身為帶回木村家之「土產」。此詩為回到家後，木村家人向其索「伴手禮」時，良寬答覆之歌。「苞」（tsuto），土產、禮物。

315

安得廣闊
黑色
僧衣袖,
大庇天下
貧窮者

☆墨染の我が衣手の寛ならば貧しき民を覆はましもの
sumizome no / waga koromode no / yutanaraba / madoshiki tami o / ōwamashi mono

316

佛法之道
何處為真方向?
啊,無分西東
無分去回
隨波任意行吧!

☆法の道まこと分かたむ西東行くもか帰るも波に任せて
nori no michi / makoto wakatan / nishi higashi / yuku mo kaeru mo / nami ni makasete

譯註:原詩中的「波」(なみ:nami)與「無み」(なみ,無)同音,是雙關語,所以「隨波任意行」也意謂著「隨『無』任意行」。

317

　　我身
　　雖愚，一想到
　　自己履行了
　　阿彌陀佛的誓願，
　　我就滿心歡喜

☆愚かなる身こそなかなか嬉しけれ弥陀の誓いに会ふと思へば
orokanaru / mi koso nakanaka / ureshikere / mida no chikai ni / au to omoeba

譯註：「なかなか」（中中：nakanaka），非常、相當，出奇地；「みだ」（弥陀：mida），即彌陀佛、阿彌陀佛。

318

> 親愛的
> 父母親大人,請
> 待在極樂淨土——
> 今日,我或會前往
> 你們膝下同聚呢……

☆極楽に我が父母は御座すらむ今日膝もとへ行くと思へば
gokuraku ni / waga chichihaha wa / owasuran / kyō hizamoto e / yuku to omoeba

譯註:「極樂」(ごくらく:gokuraku),即極樂世界、極樂淨土、阿彌陀佛淨土,佛教中安樂、平和的西方淨土。寫此詩時的良寬,顯然已感覺自己來日無多。

319

　　草庵中
　　睡也唸，醒也
　　唸：南無
　　阿彌陀佛，南無
　　阿彌陀佛……

☆草の庵に寝ても覚めても申すこと南無阿弥陀仏南無阿弥陀仏
kusanoio ni / netemo samitemo / mōsu koto / namuamidabutsu / namuamidabutsu

譯註：「南無阿彌陀佛」是梵語Namo Amitābha（皈依無量光佛）的音譯，由南無、阿彌陀、佛三語連結而成。「南無」是依靠、信受之意，「阿彌陀」是無量光、無量無邊光明之意，「佛」是覺者之意。「南無阿彌陀佛」是佛教淨土宗一種唸佛修行之法，以通過唸誦「南無阿彌陀佛」六字來達成轉生西方極樂淨土之願。

320
　　若有人問：
　　「良寬留有
　　辭世詩嗎？」──
　　請回答
　　「南無阿彌陀佛！」

☆良寬に辞世あるかと人問はば南無阿弥陀仏と言ふと答へよ
ryōkan ni / jisei aruka to / hito towaba / namuamidabutsu to / iu to kotaeyo

321
　　一日、兩日
　　忽忽過……
　　如何
　　安我身
　　迄今仍無方！

☆すべをなみ一日二日と過ぎぬれば今は我が身の置きどころなき
sube o nami / hitohi futahi to / suginureba / ima wa wagami no / okidokoro naki

322

此身乃
無常之物──
益思及此
益覺
己身之無常！

☆我がことや果無き者は又もあらじと思へばいとど果無かりけり

waga koto ya / hakanaki mono wa / matamo araji to / omoeba itodo / hakana karikeri

323

　　良寬僧
　　今朝偷採了花
　　逃走的身姿
　　定會流傳
　　後世……

☆良寬僧が今朝の朝花持て逃ぐる御姿後の世まで残らむ
ryōkan sō ga / kesa no asahana / mote niguru / onsugata / nochi no yo made nokoran

譯註：據說良寬有一天在寺泊町某戶摘採菊花，主人見了以為是盜花賊。有畫者為此繪了一幅畫，良寬題以此詩。

324

　　這是蓑衣，
　　那是斗笠——
　　去除掉這些後
　　稻草人
　　會成何樣？

☆それは蓑これは笠とて除け見ればあとの案山子は何かなるらむ

sore wa mino / kore wa kasa tote / noke mireba / ato no kakashi wa / nanika naruran

譯註：此詩有前書「見女子容顏時之心境」。

【與貞心尼唱和歌作】（1827-1831，70-74歲）

貞心尼（1798-1872）是良寬晚年的愛徒與精神戀人。據傳貌極美，為武士之女，十七歲結婚，五年後夫死（一說與其夫離婚），於二十三歲時出家。她於良寬死後編有詩集《蓮之露》（はちすの露），收錄良寬和歌與俳句百餘首，以及其與良寬間往來詩歌／戀歌（「相聞歌」）五十餘首。貞心尼於1827年、三十歲那年，移往長岡福島村「閻魔堂」草庵修行，4月時初訪住在島崎木村家庵室的七十歲的良寬，良寬出門未在，貞心尼留下一首以良寬喜玩之「手毬」為題材的短歌（標示「貞1」）以及一個她作的手毬，請求良寬收其為徒。6月間良寬返回後，回以底下第325首這首獨特、絕妙，讓數字一到十全部入列的同意貞心尼入門之詩。1827年7月，貞心尼再訪良寬，第一次見到良寬，喜不自勝，寫了一首驚嘆自己恍如在夢中之詩（「貞2」），良寬的回覆（第326首）也頗「夢幻」而有禪意。至1831年1月良寬過世止，貞心尼多次拜訪良寬，與他談詩、談心。下面選譯的即是四年間兩人唱和的部分歌作，並適當註記貞心尼在《蓮之露》中對詩作背景的小說明。

▌1827年4月,貞心尼初訪良寬未遇,聽說良寬常常玩手毬,乃留下一個她作的手毬,以及她獻給良寬的第一首詩

貞1
　　與村童天真
　　玩手毬,你
　　開開心心遊於佛之
　　道上,無窮
　　無盡不知疲倦……

☆これぞこの仏の道に游びつつつくやつきせぬ御のりなるらむ（貞心尼）
korezo kono / hotoke no michi ni / asobitsutsu / tsuku ya tsukisenu / minori naruran

良寬的回覆

325

你也試看看
來拍手毬:
一二三四五六七八
九十,拍到十,
再重新開始……

☆つきて見よ一二三四五六七八九の十十とおさめてまた始まるを
tsukite miyo / hi fu mi yo i mu na ya / koko no tō / tō to osamete / mata hajimaru o

1827年秋,貞心尼初見良寬

貞2
親眼見君──
果真是君乎?
此心狂喜,
猶疑
在夢中!

☆君にかくあい見ることのうれしさもまださめやらぬ夢かとぞおもふ(貞心尼)
kimi ni kaku / aimiru koto no / ureshisa mo / mada same yaranu / yume ka to zo omou

良寬的回覆

326
　　此世本如夢，
　　我們在夢中
　　談夢，啊
　　真朦朧──
　　須夢就夢吧！

☆ゆめの世にかつまどろみて夢をまた語るも夢よそれがまにまに

yume no yo ni / katsu madoromite / yume o mata / kataru mo yume yo / sore ga manimani

▍他們談詩論道，夜漸深，良寬有詩

327

　　白潔的
　　衣袖
　　寒氣重——
　　夜空中
　　秋月清澄

☆白妙の衣手寒し秋の夜の月なか空に澄みわたるかも
shirotae no / koromode samushi / aki no yo no / tsuki nakazora ni / sumiwataru kamo

而貞心尼談興猶濃

貞3
　　我想與你
　　面對面,一千年
　　八千年——
　　莫問天上的月
　　行蹤何方

☆向ひゐて千代も八千代も見てしがな空行く月のこと問はずとも（貞心尼）
mukai ite / chiyo mo yachiyo mo / miteshigana / sora yuku tsuki no / koto towazu tomo

良寬的回覆

328

> 如果我們的心
> 不變，我們將像
> 攀纏的地錦
> 永在一起，一千年
> 八千年……

☆心さへ変はらざりせば這ふ蔦の絶えず向かはむ千代も八千代も

kokoro sae / kawarazariseba / hau tsuta no / taezu mukawan / chiyo mo yachiyo mo

譯註：「蔦」（つた：tsuta），地錦、爬牆虎，繁殖生長迅速的葡萄科爬藤植物。

貞心尼說終須一別

　貞4
　　且先告辭了
　　恩師，
　　我將穿過野草
　　蔓生的道路，
　　再來看你

☆立ち帰りまたも訪ひ来むたまぼこの道の芝草たどりたどりに（貞心尼）

tachikaeri / matamo toikon / tamaboko no / michi no shibakusa / tadori tadori ni

良寬的回覆

329
　　如果你不嫌
　　柴庵簡陋,
　　請穿過露重的
　　芒草花
　　再來扣我門

☆またも来よ柴の庵を嫌とはずば薄尾花の露を分けわけ
matamo koyo / shiba no iori o / itowazuba / susukiobana no / tsuyu o wake wake

■ 不久之後，貞心尼收到良寬的信與詩

330
　　你忘了嗎？
　　或者來路被草
　　遮蔽了？
　　我等候又等候
　　未見你到來……

☆君や忘る道や隠るるこの頃は待てど暮らせど訪れのなき
kimi ya wasuru / michi ya kakururu / konogoro wa / matedo kurasedo / otozure no naki

貞心尼的回覆

貞5

> 被眾多流言
> 所煩,困於我
> 草庵內
> 身與心乖離
> 不得行

☆こと繁き葎の庵に閉ぢられて身をば心に任せざりけり(貞心尼)

kotoshigeki / mugura no io ni / tojirarete / mi oba kokoro ni / makasezarikeri

貞6

> 山脊上的月
> 朗照四方,
> 峰頂上
> 薄雲徘徊
> 尚未全開全明

☆山の端の月はさやかに照らせどもまだ晴れやらぬ峰のうす雲(貞心尼)

yamanoha no / tsuki wa sayaka ni / terasedomo / mada hareyaranu / mine no usugumo

良寬回覆貞心尼

331

> 許多人捨身
> 為要救
> 世人──安可
> 自陷於草庵內
> 閒散虛度？

☆身を捨てて世を救ふ人もますものを草の庵に暇求むとは
mi o sutete / yo o sukuu hito mo / masumono o / kusanoiori ni / hima motomu to wa

332

高高
皎月
普照
天下——
唐土或日本
古代或現在
偽或真
暗或明……

☆久方の／月の光の／清ければ／照らしぬきけり／唐も大和も／昔も今も／嘘も誠も／闇も光も

hisakata no / tsuki no hikari no / kiyokereba / terashi nukikeri / kara mo yamato mo / mukashi mo ima mo / uso mo makoto mo / yami mo hikari mo

譯註：此詩為5、7、5、7、7、7、7、7，共八句、五十二音節的雜體歌。

▎1828年初春,貞心尼寄給良寬一封信和詩

　　貞7
　　　清澄的月光
　　　無差別地
　　　映照
　　　我或他人
　　　偽或真……

☆われも人も嘘も誠もへだてなく照らしぬきける月の清けさ（貞心尼）
ware mo hito mo / uso mo makoto mo / hedate naku / terashi nukikeru / tsuki no sayakesa

　　貞8
　　　我醒覺——
　　　再無暗或
　　　明之擾
　　　唯拂曉月
　　　映照我夢徑

☆覚めぬれば闇も光もなかりけり夢路を照らす有明の月（貞心尼）
samenureba / yami mo hikari mo / nakarikeri / yumeji o terasu / ariake no tsuki

良寬的回覆

333
    天下所有的
    寶玉、黃金
    都比不上
    早春
    你傳來的音信！

☆天が下に満つる玉より黄金より春の初めの君がおとづれ
amegashita ni / mitsuru tama yori / kogane yori / haru no hajime no / kimi ga otozure

譯註：「おとづれ」（おとずれ／訪れ：otozure），指消息、音信。

▎1828年春,兩人二次相見,良寬有詩

334
　　勿忘了我們在
　　靈鷲山
　　釋迦牟尼前
　　所立的誓,不管
　　今生或來世

☆霊山の釈迦のみ前に契りてしことな忘れそ世はへだつとも
ryōsen no / shaka no mimae ni / chigiriteshi / koto na wasureso / yo wa hedatsu tomo

譯註:「靈山」(ryōsen),即靈鷲山,釋迦牟尼說《法華經》、「拈花微笑」故事發生之地。

貞心尼的回覆

貞9
  不會忘了我們在
  靈鷲山
  釋迦牟尼前
  所立的誓，不管
  今生或來世

☆霊山の釈迦のみ前に契りてしことは忘れじ世はへだつとも
（貞心尼）
ryōsen no / shaka no mimae ni / chigiriteshi / koto wa wasureji / yo wa hedatsu tomo

▎晚春三月，貞心尼至木村家庵室訪良寬，兩人三度相見，良寬對貞心尼談音韻之事

335
　　不要以為它們
　　只是語詞——
　　不要以為你
　　喉間發出的語詞
　　微不足道……

☆かりそめの事とな思ひそこの言葉言の葉のみと思ほすな君
karisome no / koto to na moiso / kono kotoba / kotonoha nomi to / omōsu na kimi

譯註：此詩可視為良寬對詩的宣言，他提醒貞心尼不要輕忽詩歌的力量——語詞雖輕，詩人發出的聲音仍足以醒世、傳世。

告別時,貞心尼說

貞10
　　我要走了
　　願你安康——
　　布穀鳥鳴重響
　　耳際時
　　我將再來看你

☆いざさらば幸くてませよほととぎすしば鳴く頃はまたも来て見む(貞心尼)
iza saraba / sakikute maseyo / hototogisu / shibanaku koro wa / mata mo kite min

■ 良寬的回覆

336

　　我身如
　　浮雲──不確定
　　布穀鳥鳴重響
　　耳際時
　　何方與你再見

☆浮き雲の身にしありせば時鳥しば鳴く頃はいづこに待たむ
ukigumo no / mi ni shi ariseba / hototogisu / shibanaku koro wa / izuko ni matan

337

　　啊，秋萩
　　花開時
　　如果我命
　　仍倖存，請來
　　一訪，同戴花吧

☆秋萩の花咲く頃は来て見ませ命全くば共にかざさむ
akihagi no / hana saku koro wa / kite mimase / inochi matakuba / tomoni kazasan

▎未待秋至，夏天時貞心尼即前去訪良寬，兩人四度相見

貞11
　　啊，我又來了，
　　等不及秋萩
　　花開，我穿踏過
　　夏草繁密的小徑
　　來了……

☆秋萩の花咲く頃を待ち遠み夏草分けてまたも来にけり（貞心尼）
akihagi no / hana saku koro o / machitōmi / natsugusa wakete / mata mo kinikeri

良寬的回覆

338
　　啊,等不及
　　秋萩花開,你
　　穿過露重的
　　夏草,盛情
　　來看我了……

☆秋萩の咲くを遠みと夏草の露を分けわけ訪ひし君はも
akihagi no / saku o tōmi to / natsugusa no tsuyu o / wake wake / toishi kimi wa mo

■ 翌年（1829年）夏天某日貞心尼訪良寬島崎庵室，良寬不在，唯見一蓮花插瓶中

貞12
　　來訪，
　　未見到人——
　　唯見一尊貴蓮花
　　留守庵中
　　滿室生芳

☆来て見れば人こそ見えね庵守りて匂ふ蓮の花の尊さ（貞心尼）
kite mireba / hito koso miene / io morite / niou hachisu no / hana no tōtosa

良寬的回覆

339

    我無物
    可招待你——
    唯一小瓶
    蓮花
    悅你目與心

☆御饗する物こそなけれ小瓶なる蓮の花を見つつ偲ばせ
miae suru / mono koso nakere / kogame naru / hachisu no hana o / mitsutsu shinobase

▋ 1829年秋天,兩人可能五度相見,良寬寫了一首題為「五韻」的短歌

340
　　以五十
　　子音、母音
　　交織出
　　形形色色
　　聲響的綾羅……

☆くさぐさの綾織いだす五十のをと声と響きを経緯にして
kusagusa no / ayaori idasu / iso no oto / koe to hibiki o / tatenuki ni shite

譯註:詩題「五韻」指日文「五十音」。原詩中的「声」(koe)指五十音圖中的十行子音,「響き」(hibiki)指五十音圖中的五段母音。此詩乃良寬的「詩藝論」(ars poetica),讓人想到諾貝爾獎得主墨西哥詩人帕斯(Octavio Paz)1984年至日本訪「芭蕉庵」後寫的俳句——「母音與子音,/子音與母音的交/織:世界之屋」(Entretejidas / vocales, consonantes: / casa del mundo)。

1830年暮春,貞心尼聽說良寬人在與板町,趕去與他(六度)相見,他說他翌日即將離去。眾人閒聊,說良寬皮膚黑又穿黑色僧衣,應該叫他「烏鴉」,良寬笑曰:「有何不宜?」

341
　　既然被叫作
　　「烏鴉」
　　明天起
　　我當逍遙如鳥
　　漫遊四方

☆いづこへも立ちてを行かむ明日よりは烏てふ名を人の付くれば

izuko e mo / tachite o yukan / asu yori wa / karasu chō na o / hito no tsukureba

貞心尼隨之詠出一歌

貞13
　　烏鴉遊向
　　新村莊，當邀
　　小烏鴉逍遙同行
　　雖然我羽毛
　　仍弱仍未豐……

☆山烏里にい行かば子烏も誘ひてゆけ羽弱くとも（貞心尼）
yamagarasu / sato ni iyukaba / kogarasu mo / izanaite yuke / hane yowaku tomo

良寬的回覆

342

我不在意
邀你同行,
但如果人們
以怪怪的眼光看
我倆,該如何?

☆誘ひて行かば行かめど人の見て怪し眼見らばいかにしてまし
izanaite / yukaba yukamedo / hito no mite / ayashi me miraba / ikani shitemashi

貞心尼的回覆

貞14
　　鳶是鳶
　　雀是雀
　　鷺是鷺
　　烏鴉和烏鴉——
　　何怪之有？

☆鳶は鳶雀は雀鷺は鷺烏は烏なにか怪しき（貞心尼）
tobi wa tobi / suzume wa suzume / sagi wa sagi / karasu wa karasu / nanika ayashiki

❚ 暮色已黑，良寬說他先返投宿處，明日再與貞心尼會

343
  我回去了，
  君在此
  安寢
  明日
  早早見……

☆いざさらば我は帰らむ君はここにい安くい寝よ早明日にせむ
iza saraba / ware wa kaeran / kimi wa koko ni / iyasuku ineyo / haya asu ni sen

▎翌日,良寬一早即來訪貞心尼,貞心尼以此歌迎之

貞15
　　讓我們詠短歌,
　　或玩手毬,
　　或漫步野外——
　　任憑君決定
　　一切都有趣!

☆歌や詠まむ手毬やつかむ野にや出む君がまにまになして遊ばむ(貞心尼)
uta ya yoman / temari ya tsukan / no ni ya den / kimi ga manimani / nashite asoban

良寬的回覆

344

我們詠短歌,
或玩手毬,
或漫步野外——
一切都有趣
心難擇一而定!

☆歌や詠まむ手毬もつかむ野にも出む心一つを定めかねつも
uta ya yoman / temari mo tsukan / no nimo den / kokoro hitotsu o / sadame kanetsumo

▎1830年夏天良寬開始為下痢而苦,他原本答應秋天時去看貞心尼,如今居家靜養,只能作罷

345

 秋萩花
 盛開時節
 已過——
 而我未能
 赴約……

☆秋萩の花の盛りま過ぎにけり契りしこともまだとげなくに
akihagi no / hana no sakari mo / suginikeri / chigirishi koto mo / mada togenaku ni

譯註:「とげなく」(遂げなく:togenaku),未遂、未完成。

■ 良寬病況未見好轉，入冬後閉門謝客，貞心尼寫信慰問

貞16
　　望你耐心
　　續靜養——
　　如今，且把它
　　當作一場短暫的
　　夢，莫生厭

☆そのままになほ耐へ忍べ今更に暫しの夢を厭ふなよ君（貞心尼）
sonomama ni / nao taeshinobe / imasara ni / shibashi no yume o / itou na yo kimi

■ 良寬回貞心尼一詩,別無其他言詞

346
　　春天一到,
　　趕緊從
　　你的草庵
　　出來吧,
　　我想見你!

☆あづさ弓春になりなば草の庵をとく出て来ませ逢ひたきものを

azusayumi / haru ni narinaba / kusanoio o / toku dete kimase / aitaki mono o

譯註:「あづさ弓」(梓弓:azusayumi),為置於「春」(haru)之前的枕詞,此處未譯出;「なりなば」(narinaba),(春天)「若來到」之意;「とく」(疾く:toku),趕緊;「逢ひたき」(aitaki),我想與你相會、我想見你。

■ 12月底，貞心尼驚聞良寬病危，急往探視，良寬坐於床上，似乎未受病情所惱，欣喜迎接她

347
　　幾時幾時
　　來啊──我殷殷
　　盼君至
　　今既相見，啊
　　夫復何求？

☆いついつと待ちにし人は来たりけり今は相見て何か思はむ
itsu itsu to / machinishi hito wa / kitarikeri / ima wa aimite / nanika omowan

348

　　就像武藏野
　　草葉上的露珠
　　無法永存
　　我身無法長在
　　此生將盡矣

☆武蔵野の草葉の露の永らへてながらへ果つる身にしあらねば
musashino no / kusaba no tsuyu no / nagaraete / nagarae hatsuru / mi ni shi araneba

譯註：武藏野，鄰江戶（今東京）之廣大原野。

貞心尼在良寬病榻旁晝夜照料他,但良寬日益衰弱。貞心尼憂其斷藥、斷食,良寬回覆

349
> 我不會猝然
> 斷食——
> 邊將息
> 邊待
> 時日來到吧

☆うちつけに飯絶つとにはあらねども且つ休らひて時をし待たむ
uchitsuke ni / ii tatsu to ni wa / aranedomo / katsu yasuraite / toki o shi matan

■ 知良寬來日無多，貞心尼悲吟此歌

貞17
　　此身縱已超脫
　　生死之界
　　而居，但此際
　　無法不與你
　　永別，我心悲

☆生き死にの界離れて住む身にも避らぬ別れのあるぞ悲しき（貞心尼）
ikishini no / sakai hanarete / sumu mi nimo / saranu wakare no / aru zo kanashiki

良寬聞貞心尼此歌後,低聲吐出底下這首俳句（參見本書082首）作為回覆:「紅葉散落——／閃現其背面／也閃現其正面……」,似乎是他對生命與浮世最後的思索或教誨。據貞心尼在《蓮之露》最後所記,良寬於1831年（陰曆）1月6日去世,享年七十四,是年貞心尼三十四歲。

350

生命如

湧上岸又

捲回去的浪——

賢明也

君所言……

☆来るに似て返るに似たり沖つ波（貞心尼）／明らかりけり君が言の葉（良寬）

kuru ni nite / kaeru ni nitari / okitsunami / akirakarikeri / kimi ga kotonoha

譯註:良寬生前與詩友合作過三首「短連歌」（由5-7-5「長句」和7-7「短句」兩句構成的31音節連歌）,此首與貞心尼合吟之作即為其一,貞心尼寫前面的長句,良寬續寫後面短句。貞心尼後來以七十五歲之齡於1872年去世,其辭世詩即由此短連歌中長句延展成——「生命如／湧上岸又／捲回去的浪——／我佇立,／任風吹……」（来るに似て返るに似たり沖つ波立ち居は風の吹くに任せて:kuru ni nite / kaeru ni nitari / okitsunami / tachii wa kaze no / fuku ni makasete）。

漢詩
150
首

【五合庵時期】(1796-1816,39-59歲)

351〈圓通寺〉
　　從來圓通寺　幾回經冬春
　　門前千家邑　乃不識一人
　　衣垢手自濯　食盡出城闉
　　曾讀高僧傳　僧可可清貧

編註：良寬於1779至1790年間隨國仙和尚在今岡山縣玉島圓通寺出家修行，並習作漢詩，惜當時作品未見任一首存留。國仙和尚於1791年4月圓寂，秋後良寬告別圓通寺返鄉，至1796年始抵家鄉出雲崎，於1797年入住國上山五合庵。此詩為五合庵時期良寬回憶往事之作。闉，音「因」，城門之意。僧可，即僧伽、僧侶。後三句謂「沒有食物了，就出來城中乞討；曾讀《高僧傳》，明白僧侶當清貧」。

352〈伊勢道中苦雨作：二首之二〉
　　投宿破院下　孤燈思淒然
　　旅服孰為乾　吟詠聊自寬
　　雨聲長在耳　欹枕到曉天

編註：1791年秋良寬告別圓通寺，行腳各地，至1796年秋始返抵家鄉，後定居國上山。此詩為五合庵時期良寬憶昔漫漫返鄉旅途之作。旅服孰為乾，誰幫我弄乾旅途中濕了的衣服。欹（音「棲」）枕到曉天，斜倚著枕頭到天明。

325

353〈投宿〉
　　投宿古寺裡　　終夜依虛窗
　　清寒夢難結　　坐待五更鐘

編註：後二句謂「夜寒難入眠，起來打坐等候天亮」。

354〈暮投閒閒舍〉
　　自從一破家散宅　　南去北來且過年
　　一衣一缽訪君家　　復是淒風疏雨天

編註：「閒閒舍」為良寬友人原田鵲齋分水町真木山住家之名。前二句謂「自從出家後，南來北住度過我的年月」。復是，又是。

355〈余將還鄉至伊登悲駕波不預寓居於客舍聞雨淒然有作〉
　　一衣一缽裁隨身　　強扶病身坐燒香
　　一夜蕭蕭幽窗雨　　惹得十年逆旅情

編註：詩題中「伊登悲駕波」即糸魚川，在今新潟縣西部；不預，謂身體不適。此詩寫歸鄉路上初踏入家鄉越後之地的良寬，「旅夜暗窗聽雨落，勾起十年離家漂泊愁緒」（後二句）之情景。裁，同「才」，僅僅、僅有之意。坐燒香，打坐燒香。

356〈看花到田面庵〉
　　桃花如霞夾岸發　春江若藍接天流
　　行看桃花隨流去　故人家在水東頭

編註：田面庵即今新潟縣白根市新飯田圓通庵，良寬友人有願法師（1737-1808）所居，良寬於晚春來此探訪他。此詩顯受唐朝詩人常健「故人家在桃花岸，直到門前溪水流」之句影響。參見本書第126首之和歌。

357〈再到田面庵〉
　　去年三月江上路　行看桃花到君家
　　今日再來君不見　桃花依舊正如霞

編註：詩中之「君」即有願法師，良寬去年曾到田面庵訪他，今年來時他已過世。末句另有版本作「桃花依舊媚晚霞」。此詩應受到唐朝詩人崔護〈題都城南莊〉「去年今日此門中，人面桃花相映紅；人面不知何處去，桃花依舊笑春風」一詩啟發。參見本書第127首。

358〈夏夜〉
　　夏夜二三更　竹露滴柴扉
　　西舍打臼罷　三徑宿草滋
　　蛙聲遠還近　螢火低且飛
　　寤言不能寢　撫枕思淒其

編註：三徑，指隱者之庭。宿草，去年的草。三、四句謂「西邊鄰居搗米聲停，草庵庭院草茂生」。寤言，謂睡醒獨言無人應。淒其，淒涼傷感。

359〈秋暮〉
　　秋氣何蕭索　出門風稍寒
　　孤村煙霧裡　歸人野橋邊
　　老鴉聚古木　斜雁沒遙天
　　唯有緇衣僧　立盡暮江前

編註：緇（音「姿」）衣，黑衣。後兩句謂「唯有黑衣僧，久久佇立在黃昏的江邊」。

360〈有懷：四首之三〉
　　左一大丈夫　惜哉識者稀
　　唯餘贈我偈　一讀一沾衣

編註：左一，即三輪左市，隨良寬習禪二十年，是良寬最契合的友人及弟子，年紀可能比良寬稍大，1807年去世。偈（音「記」），指佛教悟道之詩句——左一曾贈良寬偈詩四句「晚恨春風散白梅，朝看夜雨長蒼苔，空閒漫學維摩室，未見文珠問病來」。一讀一沾衣，每次讀、每次淚沾衣。參閱本書第124、125首。

361〈夢中問答〉
　　乞食到市朝　路逢舊識翁
　　問我師胡為　住彼白雲峰
　　我問子胡為　老此紅塵中
　　欲答兩不道　夢破五更鐘

編註：此詩良寬一人分飾兩角，亦僧亦俗，在夢中自問自（不）答。後六句謂「他問我：師父你做何事啊，住在彼處有白雲的山上？我也問：你做何事啊，紅塵世界中一日日老去？我想答，但兩邊都不開口，就此夢醒天亮」。

362〈五合庵〉
　　索索五合庵　　實如懸磬然
　　戶外杉千株　　壁上偈數篇
　　釜中時有塵　　甑裡更無煙
　　唯有東村叟　　頻叩月下門

編註：五合庵，良寬在國上山上前後住二十年的草庵。索索，寂寞、冷清。磬（音「慶」），玉石製的打擊樂器。中文有成語「室如懸磬」，形容居室空無所有。偈，偈語、偈頌，佛教悟道之詩句。釜，鐵鍋。甑（音「贈」），瓦製蒸籠。第二句謂「實在像空懸著的磬般，等待被敲（叩）叩（叩）」。此詩頗奇幻地將草庵比作磬，等待「上道」的僧人或雅客來敲叩（「僧敲月下門」），沒想到來的是東村老叟。

363〈觀音：二首之二〉
　　風定花尚落　　鳥啼山更幽
　　觀音妙智力　　咄

編註：此詩是良寬「後現代」式拼貼之作，前二句挪用沈括在《夢溪筆談》中所述王安石集六朝謝貞與唐朝王籍詩句聯「風定花猶落，鳥鳴山更幽」；後二句出自曹洞宗開創者道元禪師以及道元留華時所隨南宋如淨禪師語錄，可解為「觀世音菩薩耳聽萬物，智慧妙，咄！」——「咄」是具有收束之功、醍醐灌頂的一喝。

330

364〈空盂〉
　　青天寒雁鳴　　空山木葉飛
　　日暮煙村路　　獨揭空盂歸

編註：盂，小缽。良寬出外乞討終日，冬寒日暮，獨捧空缽而歸。

365〈騰騰〉
　　裙子短兮褊衫長　　騰騰兀兀只麼過
　　陌上兒童忽見我　　拍手齊唱放毬歌

編註：褊衫，僧服上半身。騰騰，任性、隨意。兀兀，無所用心、渾沌無知貌（良寬號：大愚）。只麼，這麼。陌上，路上。放毬，打手毬。前二句謂「裙子太短、上衣太長，任性隨性、渾渾沌沌（「騰騰兀兀」）地這麼過日子」。白居易〈題石山人〉一詩有句「騰騰兀兀在人間，貴賤賢愚盡往還」。「騰騰兀兀」四字是良寬人生哲學中的重要關鍵字。

366〈乞食〉
　　十字街頭乞食了　八幡宮邊方徘徊
　　兒童相見共相語　去年痴僧今又來

編註：八幡宮，在新潟縣三條市。

367〈避雨〉
　　今日乞食逢驟雨　暫時迴避古祠中
　　可笑一瓶與一缽　生涯瀟灑破家風

編註：「一瓶一缽」是良寬的詩與人生中另一重要關鍵字。一瓶、一缽行腳外別無一物，看似可笑，卻一生瀟灑，自有其安貧、不受物欲所拘之趣。破家，貧乏的家，也可解為出家。

368〈毬子〉
　　袖裡繡毬值千金　謂言好手無等匹
　　箇中意旨若相問　一二三四五六七

編註：繡毬，即手毬。良寬另有近似詩作「一箇繡毬打又打，自誇好手無等匹，此中意旨若相問，一二三四五六七」，可互訓。

369〈鬥草〉
　　也與兒童鬥百草　　鬥去鬥來轉風流
　　日暮寥寥人歸後　　一輪明月凌素秋

編註：轉風流，樂趣、逸趣頻生。凌素秋，升上秋空。

370〈偶作：七首之二〉
　　彈指堪嗟人間世　　百年行樂春夢中
　　一息裁斷屬他界　　四大和合名之躬
　　爭名爭利竟底事　　慢己慢人逞英雄
　　請見曠野淒風暮　　幾多髑髏逐斷蓬

編註：嗟（音「皆」），嘆。裁，才。四大，土水火風四大元素。和合，相合、合成。躬，身體。竟底事，究竟所為何來。慢己慢人，自己傲慢、對別人輕慢。髑（音「獨」）體，骷髏。首句謂「人世間事，可嘆啊，彈指間倏忽即逝」。三、四句謂「才一斷氣，立刻就到陰界，四大元素合成的這空有其名之身」。

371〈偶作：七首之三〉
　　自出白蓮精舍會　騰騰兀兀送此身
　　一枝烏藤長相隨　七斤布衫破若煙
　　幽窗聽雨草庵夜　大道打毬百花春
　　前途有客如相問　比來天下一閑人

編註：精舍，寺院。烏藤，黑色藤條、手杖。七斤布衫，用切成七條的布做成的衣服。大道打毬，在大路上玩手毬。比來，歷來、從來之意。首二句謂「自從離開圓通寺僧堂，我隨性任性、晃晃蕩蕩一日過一日」。

372〈無題：二首之一〉
　　國上山下是僧家　麁茶淡飯供此身
　　終年不遇穿耳客　只見空林拾葉人

編註：麁，即麤、粗。穿耳客，穿耳、繫耳環之客，指達磨祖師，「面壁九年」的中國禪宗之祖。詩中的穿耳客、拾葉人，都算是良寬自身的投影。

373〈無題:二首之二〉
　　可嘆世上人心險　　不知何處保生涯
　　夜夜前村打鼓頻　　盜賊徘徊百有餘

編註:百有餘,百餘人。1814年,日本越後地區發生了前所未有的農民暴動。

374〈夜雨〉
　　世上榮枯雲變態　　五十餘年一夢中
　　疏雨蕭蕭草庵夜　　閑擁衲衣依虛窗

編註:雲變態,像雲一樣變來變去。衲衣,以破舊之布縫綴成的衣服,即僧衣。1807年,良寬五十歲。此詩大約為良寬1811年之作。

375〈雜詩〉

我有一張琴　　非梧亦非桐
五音誰能該　　六律調不同
靜夜高堂上　　朱糸操松風
氤氲青陽曉　　聲徹天帝聰
天帝大驚異　　欲窮聲所從
伊時二三月　　氣候稍和中
風伯掃道路　　雨師嚴林叢
采月量為傘　　佩彩虹作弓
雲旃兮霞纓　　逸其御六龍
十洲坐超忽　　五天望裡空
彌往則彌邈　　在西倏自東
神亦為之疲　　心亦為之窮
逡巡相顧云　　歸與吾舊邦

編註：此詩為受屈原《楚辭·遠遊》一篇影響，離俗、遊仙，自在飛逸，充滿想像力之作。開頭兩句讓人想及寒山詩「我今有一襦，非羅復非綺」。第十九句讓人想及孟浩然詩「千里在俄頃，三江坐超忽」。五音，即音階，由宮、商、角、徵、羽五音構成。該，設置、設定。六律，指音程，標準音。糸，即絲，琴弦。青陽，指春天。六至十句謂「松風撥弄紅色的琴弦，煙氣彌漫春天的早晨，聲音上達天帝之耳，天帝大驚，想要查明聲從何來」。和中，溫和。風伯，風神。雨師，雨神。旃（音「沾」），旗子。嚴林叢，徹底淋洗眾樹。龍，八尺以上的馬；天帝車駕有六馬，稱「六龍」。五天，

東西南北中五方天空。最後十二句謂「天帝取月暈為傘，身佩彩虹為弓，以雲為旌旗，以霞為冠穗，神采洋溢地駕御六龍之車，坐飛過十座仙島，眺望五方天空，愈行愈遠，忽東忽西，啊，連神自己也為之神疲心累，天帝猶豫不前，轉頭對侍從說：我們回自己的國度吧」！

376

青陽二月初　物色稍新鮮
此時持鉢盂　得得遊市廛
兒童忽見我　欣然相將來
要我寺門前　攜我步遲遲
放盂白石上　掛囊綠樹枝
於此鬥百草　於此打毬兒
我打渠且歌　我歌渠打之
打去又打來　不知時節移
行人顧我笑　因何其如斯
低頭不應伊　道得也何以
要知箇中意　元來只這是

編註：首二句謂「春天二月初，景物、景色漸新鮮」。得得，任情自得貌，亦狀走路聲。市廛，市街商家。相將來，前來。要我，邀我。囊，行腳僧背的行囊。渠，他。時節，時刻。道得也何以，說了又如何。元來只這是，原來就只是這個東西。此詩可與本書第214首之和歌對照閱讀。

377

行行投田舍　正是桑榆時
鳥雀聚竹林　啾啾相率飛
老農言歸來　見我如舊知
喚婦漉濁酒　摘蔬以供之
相對云更酌　談笑一何奇
陶然共一醉　不知是與非

編註：投，前往。桑榆時，日暮時。言歸來，歸來。漉濁酒，濾濁酒。九、十句謂「面對面聊天喝酒，談笑真有趣」。

378

余鄉有一女　齠年美容姿
東里人朝約　西鄰客夕期
在時傳以言　有時貽以資
如是經歲霜　志齊不與移
許此彼不可　從彼此又非
決意赴深淵　哀哉徒爾為

編註：齠（音「條」）年，幼年。朝約，早上來約她、來求婚。夕期，晚上來約她、來求婚。貽（音「怡」）以資，送她東西。徒爾，徒然、枉然。末六句謂「如是經年累月，她的心依然都不為所動；許身給這位，那位一定不肯，答應那位，又對不起這位；她最後決定投入深水自盡，悲哀啊，一切都成空」。一美女同時被二男追求，左右兩難，以自盡求全──良寬寫此詩時心中一定浮現《萬葉集》中，真間娘子（《萬葉集》卷九）、菟原處女（卷九）、櫻兒（卷十四）等美少女相似的三角悲悽傳奇。

379

　　杖策且獨行　　行至北山陲
　　松柏千年外　　竟日悲風吹
　　下有陳死人　　長夜何所期
　　狐狸藏幽草　　鴟鴞啼寒枝
　　千秋萬歲後　　阿誰不歸茲
　　彷徨不忍去　　淒其淚沾衣

編註：杖策，手拿拐杖。山陲，山邊。千年外，已千歲多。長夜，指死後的世界。鴟鴞（音「吃消」），鴟梟。阿誰不歸茲，誰人不同歸於此。淒其，淒然。良寬此詩滿滿漢樂府《古詩十九首》與陶淵明詩味。

380

少小拋筆硯　　竊慕上世人
一瓶與一缽　　游方知幾春
歸來絕巘下　　靜卜草堂貧
聽鳥充弦歌　　瞻雲為四鄰
岩下有清泉　　可以濯衣巾
嶺上有松柏　　可以給柴薪
優游又優游　　薄言永今晨

編註：上世人，古代人，指釋迦摩尼。游方，行腳四方。絕巘，極高之山。卜，居。七、八句謂「以鳥聲為弦歌，以浮雲為四鄰」。優游，悠閒自得。薄言，語氣助詞；或謂言即我，薄言即「我想……」之意。末句即「真想永遠過今晨這樣的生活」。

381

　　過去已過去　　未來尚未來
　　現在復不住　　輾轉無相依
　　許多閑名字　　竟日強自為
　　勿存舊時見　　莫逐新條知
　　懇懇徧參窮　　參之復窮之
　　窮窮到無窮　　始知從前非

編註：復不住，也不可留住。最後八句謂「（為何仍）終日強吐許多無意義的言詞？不要固守舊觀念，不要一味追求新潮的東西；要勤懇地廣泛參照、徹底探究，參照又探究，無窮盡地反覆探究，才能知曉昔日之錯」。

382

家有貓與鼠　總是一蒙皮
貓飽白晝眠　鼠飢玄夜之
貓兒有何能　覘生屢中機
鼠子有何失　穿器也太非
器穿而可補　逝者不復歸
若問罪輕重　秤可傾貓兒

編註：總是一蒙皮，都包著一層皮。鼠飢玄夜之，老鼠肚子餓暗夜裡前來覓食。覘（音「沾」）生屢中機，（貓）窺伺其獵物且屢屢達成目標。穿器也太非，（鼠）把器物咬破也太不對了。後四句謂「東西破了可以補，老鼠死了無法復活，若問誰的罪重，量稱的結果：貓罪較重」。在這首貓鼠對決的詩裡，良寬與小林一茶一樣，站在弱者這一方。

383

　　自從一出家　任運消日子
　　昨日住青山　今日遊城市
　　衲衣百餘結　一缽知幾載
　　依錫吟清夜　鋪席月裡睡
　　誰道不入數　伊余身即是

編註：第二句謂「聽憑命運安排，一日過一日」。錫，行腳僧所持之錫杖。伊，發語詞。末四句謂「倚杖在清夜裡吟唱，鋪著草席睡在月光下；誰說這樣不夠格稱作一個人——噫，我就是一個人！」

384

　　昨日出城市　乞食西又東
　　肩瘦覺囊重　衣單知霜濃
　　舊友何處去　新知少相逢
　　行到行樂地　松柏多悲風

編註：出城市，出來城中。末二句謂「行到昔日遊玩處，今已成墓地，悲風吹松柏」（參閱379首「松柏千年外，竟日吹悲風，下有陳死人……」）。另，寒山有詩句「行到傷心處，松風愁殺人」。

385

　　我從住此中　不知幾個時
　　困來伸足睡　健則著履之
　　從他世人讚　任你世人嗤
　　父母所生身　隨緣須自怡

編註：本詩大致謂「我來到此山中居住，不知已過多少時日；想睡時伸腳睡，精神好時穿鞋出來走。管他世人讚，管你世人笑，我身乃父母所生，當隨緣而自得其樂」。

386

　　襤褸又襤褸　襤褸是生涯
　　食裁取路邊　家實委蒿萊
　　看月終夜嘯　迷花言不歸
　　自一出保社　錯為箇痴呆

編註：裁，同「才」，僅僅之意。蒿萊，指雜草。保社，指禪寺。此詩大致謂「破爛、破爛，一生所穿都破爛；所食之物僅僅取自路邊，所住之處雜草叢生；終夜看月長嘯吟詩，為花所迷忘情忘歸；我自離開圓通寺後，竟變成痴呆如是！」寒山有詩「入夜歌明月，侵晨舞白雲」，其痴呆、可愛狀，與良寬此詩五、六句頗似。

387

　　終日乞食罷　歸來掩蓬扉
　　爐燒帶葉柴　靜讀寒山詩
　　西風吹夜雨　颯颯灑茅茨
　　時伸雙腳臥　何思又何疑

編註：蓬扉，即蓬門，蓬草編成的門。茅茨，茅草屋頂。末句謂「無須想什麼，也無須懷疑什麼」。

388

　　生涯懶立身　騰騰任天真
　　囊中三升米　爐邊一束薪
　　誰問迷悟跡　何知名利塵
　　夜雨草庵裡　雙腳等閑伸

編註：此詩為良寬漢詩名作。前二句謂「我一生疏懶，不求揚名立萬，全然依隨天真的本性，順其自然」。五、六句謂「何須尋問迷或悟之跡，何須在意塵土般名利」。等閑，悠閑、自在。白居易有詩句「蘭省花時錦帳下，廬山雨夜草庵中」（參閱本書第089首俳句）。

389

　　一路萬木裡　　千山杳靄間
　　先秋葉正落　　不雨巖常暗
　　持籃采木耳　　攜瓶汲石泉
　　自非迷路子　　能無到此間

編註：前三句謂「一條路蜿蜒於密林中，千山在飄紗的雲霧間；秋未到，葉子已在飄落」。末二句謂「除非迷路者，誰能來到這個地方」。寒山有詩句「一道清谿冷，千尋碧嶂頭」，以及「攜籃采山茹，挈籠摘果歸」。

390

　　冥目千嶂夕　　人間萬慮空
　　寂寂倚蒲團　　聊聊對虛窗
　　香消玄夜永　　衣單白露濃
　　定起庭際步　　月上最高峰

編註：蒲團，坐禪用的坐墊。玄夜，暗夜。首句謂「群山漸黑的夕暮，我閉眼坐禪」。末四句謂「長夜漫漫，香的煙漸消；我穿的單衣上，白露濃而冷；禪定後，起而漫步庭間，月亮正升上最高峰」。

391

　　秋夜夜正長　　輕寒侵我茵
　　已近耳順歲　　誰憐幽獨身
　　雨歇滴漸細　　蟲啼聲愈頻
　　覺言不能寢　　側枕到清晨

編註：侵，逼近、逐漸進入。茵，坐墊、墊褥。耳順歲，耳順之年，六十歲。第四句謂「誰會憐惜、想到我這孤單之身」。覺言，猶寤言，睡醒獨言無人應。

392

　　玄冬十一月　　雨雪正霏霏
　　千山同一色　　萬徑人行稀
　　昔游總作夢　　草門深掩扉
　　終夜燒榾柮　　靜讀古人詩

編註：玄冬，即冬天。霏霏，綿密紛飛貌。榾柮（音「古惰」），木柴塊。第五句謂「昔日之遊總如夢一般消失」。良寬此詩顯受柳宗元名句「千山鳥飛絕，萬徑人蹤滅」影響。

393

柳娘二八歲　春山折花歸
歸來日已夕　疏雨濕燕支
回首若有待　褰裳步遲遲
行人皆佇立　道是誰氏兒

編註：二八歲，即十六歲。燕支，胭脂。褰（音「牽」）裳，提起衣裳。末句謂「問是誰家女兒」。

394

我見講經人　雄辯如流水
五時與八教　說得太無比
自稱為有識　諸人皆作是
卻問本來事　一箇不能使

編註：五時指釋迦說法之次第，分為華嚴時、阿含時、方等時、般若時、法華涅盤時五階段。八教指釋迦說法之八類儀式，包括頓教、漸教、秘密教、不定教、藏教、通教、別教、圓教。皆作是，皆以為是。良寬此詩諷刺那些光說而不能行，不知慈悲、寬容等佛法根本之道的講經人。末二句謂「問他佛法根本之道，無一事能知能行」。

395

　　廬雖在孤峰　　身如浮雲然
　　江村風月夕　　孤錫靜叩門
　　人間淡心事　　床頭濃茶煙
　　遮莫秋夜長　　剪燭南窗前

編註：廬，草庵。孤錫，一枝錫杖（行腳僧所持之杖）。遮莫，儘管、任憑。良寬此詩中持杖靜扣的乃友人阿部定珍家之門。秋夜知己聚談南窗前，濃郁茶煙、茶香間淡忘世事，誠一樂也。

396

　　千峰一草堂　　終身粗布衣
　　任生口邊醭　　懶拂頭上灰
　　已無銜花鳥　　何有當鏡台
　　無心逐流俗　　信人呼痴獃

編註：草堂，草庵。醭，白色黴菌。三、四句可解作「已不求虛名、富貴，不在意外貌」，或者「已不在乎修行之痕跡、成效何在」。信人，任人。

397

終日望煙村　輾轉乞食之
日夕山路遠　烈風欲斷髭
衲衣半如煙　木缽古更奇
未厭飢寒苦　古來多如斯

編註：日夕，夕暮。髭，唇上邊之短鬚。木缽，行腳僧所持木製之缽。五、六、八句謂「衲衣一半已破如煙」，「木缽舊了形狀更奇」，「古來修行者多如是」。

398

問古古已過　思今今亦然
輾轉無蹤跡　誰愚又誰賢
隨緣消時月　保己待終焉
飄我來此地　回首二十年

編註：消時月，消磨時光。第七句意謂「我飄泊來到此地」。此詩應為近六十歲時的良寬於定居二十載的國上山上所作。

399

孤峯獨宿夜　雨雪思消然
玄猿響山椒　冷澗閉潺湲
窗前鐙火凝　床頭硯冰乾
徹夜耿不寢　吹筆聊成篇

編註：雨雪，即降雪、雪紛紛降。思消然（或作「悄然」），思緒一片空寂。玄猿，黑猿。山椒（音「交」），山頂。湲（音「援」），水流動貌。冷澗閉潺湲，山澗因為冰凍，不復聞潺潺流水聲。鐙火，即燈火。硯冰乾，硯台的水因結凍而變乾。耿，明澈、清醒。吹筆，將筆吹暖以便書寫。

400

誰家不喫飯　為何不自知
伊余出此語　時人皆相嗤
爾與嗤我語　不如無自欺
若得無自欺　始知我語奇

編註：誰家，誰人。伊，發語詞，虛詞。時人，世人。第五句謂「你對我的話加以嘲笑」。我語奇，我說的話很妙、很棒。寒山有詩句「寒山出此語，此語無人信」。

401

　　肅肅天氣清　　哀哀鴻雁飛
　　草草日西頹　　浙浙風吹衣
　　漫漫玄夜永　　浩浩白露滋
　　我亦從此去　　寥寥掩柴扉

編註：肅肅，蕭瑟、清冷。草草，急急。浙浙，形容風雨聲。漫漫玄夜永，漫漫黑夜長。此詩八句，用了七組疊字。寒山有詩「杳杳寒山道，落落冷澗濱，啾啾常有鳥，寂寂更無人，淅淅風吹面，紛紛雪積身，朝朝不見日，歲歲不知春」，應是良寬此作源頭。

402

　　靜夜虛窗下　　打坐擁衲衣
　　臍與鼻孔對　　耳當肩頭垂
　　窗白月始出　　雨歇滴猶滋
　　可憐此時意　　寥寥只自知

編註：二、四句謂「披覆衲衣打坐」、「耳垂於肩之上」。末二句謂「可惜此時的意境、意趣，只有自己默默知道」。

354

403

春氣稍和調　鳴錫出東城
青青園中柳　泛泛池上萍
缽香千家飯　心拋萬乘榮
追慕古佛跡　乞食次第行

編註：稍和調，漸溫和。錫，行腳僧所持錫杖。東城，春城。第二句謂「振動錫杖之環發出鳴聲，出來到春城中」。萬乘，兵車萬輛，天子的代稱。六、七句謂「天子的榮耀也被我拋諸腦後，我追慕的是古代高僧們的行跡」。

404

無欲一切足　有求萬事窮
淡菜可療飢　衲衣聊纏躬
獨往伴麋鹿　高歌和村童
洗耳巖下水　可意嶺上松

編註：躬，身體。和村童，與村童唱和。後四句謂「獨往獨來，與麋鹿為伴；放聲高歌，與村童唱和；用巖下流出的水洗耳，面對嶺上松樹之姿心滿意足」。許由自命高潔，聽到帝堯要讓位於己，趕緊用穎川之水洗耳。洗耳乃成為隱士之喻。白居易詩〈老熱〉有句「一飽百情足，一酣萬事休」。

355

405

　　夜夢都是妄　無一可持論
　　當其夢中時　宛兮在目前
　　以夢推今日　今日亦復然

編註：可持論，可拿來說。宛兮在目前，彷彿在眼前。末二句謂「把夢換成今日之世，眼前的現實人生也和夜夢一樣虛妄」。

406

　　手把兔角杖　身披空華衣
　　足著龜毛履　口吟無聲詩

編註：兔無角，龜無毛，兔角、龜毛皆僅有其名而無其實，是不可能存在之物，佛典常用以譬喻「空理」（觀人與法為空所顯之真理）。寒山有詩「身著空華衣，足躡龜毛履，手把兔角毛，擬射無明鬼」。手把，手持。履，鞋。

407

　　獨倚孤松立　偶爾復移時
　　茫茫滿天下　與誰共同歸

編註：第二句謂「不時就這樣又把時間消磨掉」。

408

寒爐深撥灰　孤燈更不明
寂寞過半夜　只聞遠溪聲

編註：前二句謂「撥著變冷的火爐裡深積的灰，孤燈更暗了」。宋朝呂蒙正有詩句「撥盡寒爐一夜灰」；唐朝羅鄴有詩句「九衢春色休回首，半夜溪聲正夢鄉」。

409

擔薪下翠岑　翠岑路不平
時息長松下　靜聞春禽聲

編註：翠岑，翠綠之山。時息長松下，時而在松蔭下休息。

410

窮谷有佳人　容姿閑且雅
長嘯如有待　獨立修竹下

編註：此詩為一題蘭花圖之畫贊，將蘭花擬人化為一藏於深谷之佳人，容姿閑雅，吟詩、長嘆，似待有識之士。

411
　　空階花狼藉　　好禽語如織
　　遲遲窗日麗　　細細爐煙直

編註：此詩歌贊五合庵晚春之美。好禽，好鳥、可愛的小鳥。第三句謂「麗日射入窗內，春光悠長」。

412
　　城中乞食了　　得得攜囊歸
　　歸來知何處　　家在白雲陲

編註：了，完了。得得，腳步聲，亦任情自得之貌，末二句謂「我回去什麼地方呢？啊，我的家在白雲邊」。

413
　　孰謂我詩詩　　我詩是非詩
　　知我詩非詩　　始可與言詩

編註：此首繞口令似的二十字詩，是流傳頗廣的良寬名作（「誰說我的詩是詩，我的詩不是詩……」），可謂其漢詩／禪詩「詩藝論」（或「反詩藝論」）。

358

414
　　遠山鳥飛絕　　閑庭落葉頻
　　寂寞秋風裡　　獨立緇衣人

編註：緇衣人，黑衣人，即僧人（良寬自己）之謂。

415
　　千峰凍雲合　　萬徑人跡絕
　　每日只面壁　　時聞灑窗雪

編註：凍雲，雪雲，即將下雪之雲。末句謂「不時聽到雪灑落窗上」。

416

富貴非我事　神仙不可期
滿腹志願足　虛名用何為
一缽到處攜　布囊也相宜
時來寺門側　會與兒童期
生涯何所似　騰騰且過時

編註：會，適、恰好。期，約、會合。第三句謂「肚子能填飽，我志願已足」。末二句謂「一生何所似？隨意自在，一日過一日」。

417

大江茫茫春已盡　楊花飄飄點衲衣
一聲漁歌杳靄裡　無限愁腸為誰移

編註：點衲衣，點點落在我衲衣上。杳靄，飄緲的雲霧。末句意即「無限愁思向誰訴」。

418

杖履相求江村路　好是東風二月時
鶯遷喬木聲猶澀　雪殘短牆草色微
適逢同侶談丘壑　閒被書帙手支頤
此夕風光稍和調　梅花詩情兩相宜

編註：杖履，手杖與草鞋。相求，指托缽行乞。江村，江邊的村子。東風，春風。澀，滯澀、生澀，不滑潤。同侶，友人。丘壑，山谷，指離俗隱逸之所或隱逸之趣。被，同「披」，打開。和調，恬靜、溫和。此詩大致謂「拿著手杖，穿著草鞋，行乞於江村路上，是春風吹拂的二月美好時節。黃鶯從一棵高樹飛到另一棵，鳴聲仍生澀不滑潤；短牆上雪殘留，草色已微微可見。恰好遇到友人，兩人歡談隱逸之趣；到他家裡，手托著下巴閒適地翻閱他的藏書。啊此夕，景色恬靜，天氣漸溫和，庭間梅花勾起人寫詩之心！」

419

可憐好丈夫　閒居好題詩
古風擬漢魏　近體唐作師
斐然其為章　加之以新奇
不寫心中物　雖多復何為

編註：前四句謂「可憐啊，有一個好男子，平日愛寫詩：平仄、句數不限的古體詩，學習漢魏；近體詩則以唐代為師」。此詩簡明地呈現了良寬的詩觀──「不寫心中物，雖美、雖奇、雖多又何用？」。

420〈高野道中買衣不值錢〉

一瓶一缽不辭遠　裙子褊衫破如舂
又知囊中無一物　總為風光誤此身

編註：高野道，往和歌縣高野山金剛峰寺之道路。此詩所寫或為1796年春之事，當時良寬可能於返家鄉越後旅途中至金剛峰寺參詣。詩僧良寬一生抱持「新衣不值錢」、物質生活不重要之念，自嘲地說「這樣的性格誤了我一生」。是啊，誰叫他「生涯懶立身，騰騰任天真」！或謂「破如春」可能是「破如舂」之誤──破如被搗碎。

421〈次來韻〉
　　頑愚信無比　　草木以為鄰
　　懶問迷悟歧　　自笑老朽身
　　褰脛間涉水　　擔囊行步春
　　聊可保此生　　非敢厭世塵

編註：此詩為良寬「依」友人原田鵲齋贈他的詩「相同的韻」寫成之答作，大概寫於1797年。一、三句謂「我實在頑愚無比」、「懶得問迷與悟的差別」。第五句謂「時而拉高衣裾涉水」，褰（音「牽」），提起衣裾。七、八句謂「（以此疏懶、閒散之道）聊保我命，不敢厭世、棄世啊。」

422

　　回首五十有餘年　　是非得失一夢中
　　山房五月黃梅雨　　半夜蕭蕭灑虛窗

編註：山房，山中之家，指五合庵。此詩約為良寬1808年之作，回顧自己「五十有餘年」之生涯。

423

日日日日又日日　間伴兒童送此身
袖裡毬子兩三箇　無能飽醉太平春

編註：二、四句謂「悠閒地陪兒童們遊玩，消磨時日」；「無能的我，痛快地醉享著平和、美好的春日」。

424

獨臥草庵裡　終日無人覘
缽囊永掛壁　烏藤全委塵
夢去翱山野　魂歸遊城闉
陌上諸童子　依舊待我臻

編註：此詩為良寬病中所作，他似乎夢見自己死去，蕩旋於山野間，但靈魂仍回到城中，準備與在街上等他來的兒童們同玩。烏藤，黑色藤條、手杖。委塵，丟在地上。闉，城門。陌上，路上。臻，至。「夢去翱山野」一句呼應芭蕉1694年辭世句「羈旅病纏：夢／迴旋於／枯野」（旅に病んで夢は枯野をかけ回る），整首詩則明顯得益於寒山此作——「獨臥重巖下，蒸雲晝不消。室中雖瞹曃，心裡絕喧囂。夢去遊金闕，魂歸度石橋。拋除鬧我者，歷歷樹間瓢。」

364

425

　　棄世棄身為閑者　　與月與花送餘生
　　雨晴雲晴氣復晴　　心清遍界物皆清

編註：此詩是屢被援引的良寬名作，大略謂「我離世出家，乃為了成為悠閒自在的人；與月、與花為友，度過我的餘生；雨晴雲晴天氣晴，只要心清，廣大世界萬物皆清」。

426

　　相逢又相別　　來去白雲心
　　惟留霜毫跡　　人間不可尋

編註：第二句謂「來去如心無牽掛的白雲」。霜毫，白色的毫毛、筆毛，毛筆。末二句謂「告別後惟留（透明霜毫的）筆跡，人間已不見我蹤影」。

【乙子神社草庵時期】（1816-1826，59-69歲）

427〈芭蕉夜雨作〉
昏夢易驚老朽質　燈火明滅夜過央
撫枕靜聞芭蕉雨　與誰共語此時情

編註：良寬於1816年、五十九歲時，由國上山半山腰的五合庵搬到山麓乙子神社草庵居住，直至1826年秋。此階段良寬漢詩，益見其融儒家與佛教精神，孔門《論語》、道元《正法眼藏》在胸，出家又入世的生命與創作特質。昏夢，夜夢。夜過央，夜過半。

428〈逢賊〉
禪板蒲團把將去　賊打草堂誰敢禁
終宵孤坐幽窗下　疏雨蕭蕭苦竹林

編註：禪板，坐禪時安手或靠身之板。蒲團，即被褥、坐墊。苦竹，竹子的一類。前二句謂「將我的禪板、蒲團全拿去，小偷來我草庵打劫，誰能阻止」。末句謂「稀疏的雨冷清地飄落於苦竹林間」。

429

　　四大方不安　　盡日倚枕衾
　　竹偃積雨後　　牆頹碧蘿陰
　　幽徑人跡絕　　空階蘚華深
　　寂寥有如箇　　何以慰我心

編註：四大，指身體（認為由地水火風四大元素構成）。倚枕衾（音「欽」），躺在床鋪上。偃，仆倒、倒伏。積雨，久雨。碧蘿，綠色的女蘿。蘚華，即蘚花，蘚苔叢生於石上形成的斑痕。三、四句謂「久雨後竹子倒伏，綠色女蘿遮掩處牆壁倒榻」。寂寥有如箇，寂寥如是。

430

　　富家不急費　　日日輸無究
　　貧士為口腹　　區區東西走
　　安省不急費　　不沾貧士喉
　　彼此互分憂　　生民有餘祐

編註：此詩大略謂「富家不必要的費用，日日揮霍無窮；貧窮者為了三餐，辛苦地東奔西跑；為何富者吝惜那些不必要的費用，不幫助貧窮者；彼此互相分憂，人類就更加幸福」。區區，辛苦。沾貧士喉，濕潤貧者之喉、資助貧者。

431〈還鄉作〉

　　出家離國訪知識　一衣一缽凡幾春
　　今日還鄉問舊侶　多是北邙山下人

編註：離國，離鄉。知識，此處指有知識的人。舊侶，舊友。北邙（音「芒」）山，在洛陽北邊，諸多王公貴族墓地所在。末句謂「多已是墳墓中人」。

432

　　我見多求人　不異蠶自纏
　　渾為愛錢財　心身不暫閑
　　年年損性質　歲歲益魯頑
　　一朝赴黃泉　半箇非己分
　　他人受快樂　姓名杳不聞
　　是等諸痴子　呼嗟不堪論

編註：多求人，貪求之人。蠶自纏，蠶作繭自纏。渾，全然。不暫閑，片刻不得閑。性質，稟性、天性。魯頑，頑劣愚鈍。半箇非己分，沒有半個東西屬於自己。後四句謂「他人得到快樂，自己名字卻無人知；這些痴呆者，可嘆啊，真是不堪一談！」

433 〈米澤道中〉
　　　幾行鴻雁鳴南去　　回首不耐秋蒼茫
　　　千峰葉落風雨後　　一郡寒村帶夕陽

編註：米澤，今山形縣米澤市。良寬十三至十八歲間（1770-1775）入漢學家大森子陽私塾學習。大森子陽於1791年去世於山形縣鶴岡。此詩大概為良寬於1815年之前某個深秋訪鶴岡途中經米澤時所作。末句謂「一整個寒村都在夕陽中」。

434 〈宿玉川驛〉
　　　風氣蕭蕭秋將莫　　遊子關心行路難
　　　永夜幾驚枕上夢　　江聲錯作雨聲看

編註：此詩寫作時間與上一首詩相當，應為良寬從米澤返越後途中所作。詩題所說「玉川驛」可能指山形縣小國町玉川一地，附近有溪流玉川流過。風氣，風。將莫，將盡。遊子，旅人。

435〈信宿〉
　　淒淒秋風裡　信宿白衣家
　　一衲與一鉢　瀟灑此生涯

編註：信宿，宿二夜。白衣，與黑衣僧相對，指一般人。第二句謂「在平常人家過了兩夜」。

436
　　清歌采蓮女　新粧照水鮮
　　白波忽如山　浦口爭迴船

編註：浦口，小河入江之處、江口。爭迴船，爭相迴轉船。

437

　　靜夜草庵裡　　獨奏沒弦琴
　　調入風雲絕　　聲和流水深
　　洋洋盈幽壑　　颯颯度長林
　　自非耳聾漢　　誰聞希聲音

編註：沒弦琴，無弦琴——以無聲為聲的想像之琴。後六句謂「曲調起始後，風雲為之停息；琴聲抑揚有致地與深澈流水聲合鳴，洋洋浩浩充溢整座溪谷，颯颯越過山林；除非耳聾者，無人能聽見這無聲之聲」。

438

　　結宇碧巖下　　薄言養殘生
　　花落幽禽含　　林靜白日長
　　更無人事促　　時見樵采行
　　瀟灑抱膝坐　　遠山暮鐘聲

編註：結宇，築屋，指位於國上山的五合庵。薄言，語氣助詞，虛詞。幽禽，鳴聲幽雅的禽鳥。促，惹人焦急。樵采，樵夫。第三句謂「落花被山中鳴聲幽雅的飛鳥銜住」。

439

下谷采崇蘭　谷邃霜露滋
日暮聊盈把　悠悠有所思
山河隔且長　良晨在何時
引領望天末　佇立淚如糸

編註：崇蘭，香味高貴之蘭。谷邃霜露滋，谷深霜露多。聊盈把，大致才採到一束。引領，抬頭。糸，絲。

440

平生少年時　遨遊逐繁華
能著嫩鵝衫　好騎白鼻騧
朝過新豐市　暮醉河陽花
歸來知何處　笑指莫愁家

編註：良寬此詩寫出身出雲崎村長家的他，少年時華衣、多金，慷慨出入家鄉妓樓之事。能著，愛著。嫩鵝衫，用幼鵝毛做成的衣衫。騧（音「瓜」），黑嘴的黃馬。新豐市，代指長安的紅燈區，妓院、酒樓聚集的鬧街。晉朝美男子潘安，任河陽縣令時，於縣城內遍植桃李花，其友巨富石崇在此有豪華別墅金谷園，後以河陽花喻妓女。莫愁，古樂府中傳說的善歌的歌妓，亦有「不須愁」之意。末句謂「笑指莫愁所在、不知愁的妓樓」。李白有詩〈少年行〉「五陵年少金市東，銀鞍白馬度春風，落花踏盡遊何處，笑入胡姬酒肆中」；阮籍《詠懷詩》有句「平生少年時，輕薄好弦歌」。

441

自從一出家　不知幾箇春
一衲與一缽　騰騰送此身
昨日住山林　今日游城闉
人生一百年　泛若秋水蘋
祇為口腹故　日夜費精神
奔走苦積聚　固閉無分鄰
方其埋塚間　一錢不隨身
他人受快樂　姓名杳不聞
念此實可哀　勉哉三界人

編註：騰騰送此身，隨性地一日過一日。游城闉，遊城中。泛若秋水蘋，漂浮如秋水中的浮萍。十一、十二句謂「東奔西走，辛苦地積聚財物，卻緊緊閉鎖著，不與鄰人分享」。三界人，即世間人。佛教稱欲界、色界、無色界為三界，構成「世間」。

442〈暮春病起作〉

草堂深閉石林西　一枕寥寥對一丘
病起江頭倚杖立　無限桃華逐水流

編註：草堂，即良寬所住乙神社草庵。石林，岩石崎嶇之路與密林。此詩讓人想起與良寬一樣俳句、短歌、漢詩兼擅的明治時代文學巨匠正岡子規1895年所寫短歌——「病起，／倚杖對／千山萬嶽之秋」（病起杖に倚れば千山萬嶽の秋）。

443〈乞米〉

蕭條三間屋　摧殘朽老身
況方玄冬節　辛苦具難陳
啜粥消寒夜　數日遲陽春
不乞斗升米　何以凌此辰
靜思無活計　書詩寄故人

編註：蕭條，寂寥冷落。摧殘，變壞。具，詳細。二至四句謂「我的老朽之身，日漸變壞、變差；況且時值冬季，其中辛苦很難詳述」。第六句謂「一天一天數日子，春天遲遲未到」。末三句謂「如何度過這段時間？我靜想了一下，別無其他打發日子的方法，只好寫詩寄給老朋友了。」

444

  我從來此地　不知幾青黃
  藤纏老樹暗　溪蔭修竹長
  烏藤爛夜雨　袈裟老風霜
  寥寥朝又夕　為誰拂石床

編註：青黃，青色與黃色，指年月。溪蔭，溪谷陰涼處。烏藤爛夜雨，夜雨淋爛山中黑色藤枝。寥寥，孤寂、空虛。石床，坐禪用的石座。良寬此詩自寫離世山居寂寥心境，朝夕拂石床，坐禪去心塵。

445

  閒庭百花發　餘香入此堂
  相對共無語　春夜夜將央

編註：此詩為良寬春夜於友人阿部定珍家所作。定珍回良寬以底下之詩——「與君共相語，春夜忽過央，詩酒無量處，蛙聲近草堂」。

446

　　君拋經卷低頭睡　　我倚蒲團學祖翁
　　蛙聲遠近聽不絕　　燈火明滅疏簾中

編註：此詩甚可愛，為良寬於友人阿部定珍家，夏夜共飲酒醉後之作。拋，丟下。倚蒲團，指打坐。祖翁，指禪宗初祖達磨。

447〈和韻〉

　　把燭嵐窗夜　　夜靜雪華飛
　　逍遙皆自得　　何是復何非

編註：良寬此詩為唱和友人阿部定珍「北風吹颯颯，雨雪亂飛飛，此夜君何憶，優遊論是非」一詩之作，再現了二、四句末的飛、非二字。「嵐窗」是阿部定珍家宅雅號。雪華，雪花。參閱本書第166首之和歌。

448〈阿部氏宅即事〉
　　少年捨父走他國　辛苦畫虎貓不成
　　有人若問箇中意　只是從來榮藏生

編註：此詩為良寬宿於阿部定珍家時，感懷少年以來自身機遇之作。捨父，離開父親。他國，他鄉。第二句意謂「辛苦修行無所成，畫虎不成，甚至連貓都不像」。良寬幼名「榮藏」，十八歲落髮習禪，二十二歲由國仙和尚授戒，隨其至玉島圓通寺修行。

449〈讀永平錄〉

春夜蒼茫二三更　春雨和雪灑庭竹
欲慰寂寥良無由　背手摸索永平錄
明窗下几案頭　燒香點燈靜被讀
身心脫落只貞實　千態萬狀龍弄玉
出格機擒虎兒　老大風像西竺
憶得疇昔在圓通時　先師提持正法眼
當時洪有翻身機　為請拜閱親履踐
轉覺從來獨用力　自茲辭師遠往返
吾與永平何有緣　到處奉行正法眼
從爾以後知幾歲　忘機歸來住疏懶
今把此錄靜參得　迥與諸方調不混
玉兮石兮無人問　五百年來委塵埃
職由是無擇法眼　滔滔皆是為誰舉
慕古感今勞心曲　一夜燈前淚不留
濕盡永平古佛錄　翼日鄰翁來草庵
問我此書因何濕　欲道不道意轉勞
意轉勞兮說不及　低頭良久得一語
夜來雨漏濕書笈

編註：詩題中的「永平錄」，乃道元禪師著作，或指1356年刊行的《永平錄》，或1673年刊行的《永平廣錄》，或1815年刊行的九十五卷本《正法眼藏》。道元禪師為永平寺住持，人稱永平道元。良無

由，實在沒辦法。背手摸索，手伸到背後摸取。道元《正法眼藏》中有「如人夜間背手摸枕子」句。被讀，披讀，翻讀也。龍弄玉，龍戲珠，自由自在貌。七、八句謂「身心欲望皆解脫，唯覺一種純淨的真實，彷彿龍戲寶珠，千姿萬態，自由自在」。出格，超脫、與眾不同。機，心中的領悟，開悟。虎兒，小老虎，比喻寶貴之物。老大風，謂冷靜鎮定的風姿、儀態。西竺，古印度，此處指釋迦。九、十句謂「超脫的領悟，彷彿擒得寶貴的小老虎；冷靜鎮定的風姿，有如釋迦摩尼」。疇昔，往昔。圓通，指玉島圓通寺，良寬昔日隨其「先師」國仙和尚修行處。提持，指點。正法，即佛法；正法眼，能徹見佛法之眼──指禪宗「以心傳心」之法；此處亦指道元所著《正法眼藏》(《永平錄》)。十二至十四句謂「先師指點我領略《正法眼藏》，我當時胸中恢宏地感受到超脫自身的開悟之境，乃請先師讓我拜讀、修行《正法眼藏》」。十五至十八句謂「始知先前自己一直獨力求解是浪費時間；領悟之後，我告別先師，來來回回行腳各地。我與《永平錄》多麼有緣啊，到處實踐、印證從中習得的徹見佛法之方」。職由，原由。十九至二十六句謂「從那以後已過了很多年，我回到故鄉，疏懶於學，先前的領會似乎已忘。今天又靜靜閱讀、思量這本《永平錄》，深覺其趣大異於其他各宗派。這玉、石般的寶物居然無人問，五百年來一直任塵埃遮覆；原因是沒有人有洞察真理的眼力，到處都是隨波逐流者，有誰高舉、讚揚此書？」二十七、二十八句謂「思慕古昔、感嘆眼前，我心憂傷，一整夜燈前淚流不停」。翼日，即翌日。書笈，即書箱。末四句謂「我欲言又止，心煩意惱，心煩意惱啊，說不出口。低頭久久，我想到一句話回答他：夜來漏雨，淋濕了我的書箱」。

450

　　少小學文懶為儒　　少年參禪不傳燈
　　今結草庵為宮守　　半似社人半似僧

編註：傳燈，延續祖師法脈，如燈火相傳。宮守，神社看守人。社人，神社神官。此詩大略謂「我少小學漢文，但懶散不想當漢學家；少年時參習禪法，但不想被納入任何佛門法派；如今卜居乙子神社草庵當宮守，一半像神社神官，一半像僧人」。

451

　　閃電光裡六十年　　世上榮枯雲往還
　　岩根欲穿深夜雨　　燈火明滅古窗前

編註：此詩為良寬「六十自述」詩。第三句謂「深夜大雨似乎要將埋在土裡的岩石底部沖刷出來」。

452

　　四十年前行腳日　　辛苦畫虎貓不似
　　如今險崖撒手看　　只是舊時榮藏子

編註：撒手，放開手、鬆開手。前二句謂「四十年前開始行腳度日，辛苦修行無所得，畫虎不成，甚至連貓都不像」。「榮藏子」，榮藏那小子。

453

　　六十有餘多病僧　　家占社頭隔人煙
　　岩根欲穿深夜雨　　燈火明滅孤窗前

編註：家占社頭，家在神社邊。此詩與451首後兩句類似。

454〈夜座〉
　　國上山下乙子傍　　幽徑苔滑少人行
　　陰蟲切切吟四壁　　驟雨蕭蕭灑草堂
　　世上榮枯飽看卻　　夢中迷悟曾商量
　　孤坐寥寥過半夜　　香爐煙消冷衣裳

編註：夜座，夜間打坐。乙子傍，乙子神社旁。陰蟲，秋天的鳴蟲。切切，聲音悲細。看卻，看盡。商量，思量。孤坐，一人坐禪。

455
　　蕭蕭黃梅雨　　山村少人行
　　簷前木葉暗　　屋後急溪聲
　　經從埃塵埋　　雨注蜘蛛縈
　　日日空窗下　　孤坐消幽香

編註：從，聽從、任憑。縈，蜘蛛之巢。孤坐，獨自打坐。五、六句謂「經書任憑塵埃堆掩，雨水注入蜘蛛之巢」。

【木村邸內庵室時期】（1826-1831，69-74歲）

456

卜居觀音側　灑掃送餘生
忽聽齋時板　得得持缽行

編註：良寬於1826年10月1日，從國上山麓乙子神社搬至島崎木村家邸內庵室居住，一直到1831年1月6日去世止。良寬的人生以追求眾人的幸福為最高目標，他無時無地不顯現此愛、此熱情，但他並不說教，他詩中流露的他的性情、他的生命風格，就是最好、最高的說教。1827年4月，良寬至寺泊町照明寺，借住於照明寺分寺密藏院，供飯的地方在照明寺觀音堂。此詩前二句謂「卜居觀音堂一側，灑掃以度日」。齋時板，通知午前齋食的打板的聲音。得得，腳步聲、任情自得貌。

457〈草庵雪夜作〉

回首七十有餘年　人間是非飽看破
往來跡幽深夜雪　一炷線香古窗下

編註：良寬此首回顧「七十餘年」歲月之詩，可能寫於1828年冬或1829年。草庵，良寬在島崎木村家邸內的庵室。第三句謂「深夜一場雪，讓道路空無人跡」。

458

兄弟相逢處　共是白眉垂
且喜太平世　日日醉如痴

編註：共是白眉垂，意謂「同樣是垂著白眉毛的老人」。1828年1月27日良寬弟由之至木村家庵室訪良寬，因雪降而歸期延遲。此詩為二人於2月4日同飲時良寬所作。參見本書第279首此和歌。

459〈地震後詩〉

日日日日又日日　日日夜夜寒裂肌
漫天黑雲日色薄　匝地狂風卷雪飛
惡浪蹴天魚龍漂　牆壁鳴動蒼生哀
四十年來一回首　世移輕靡信如馳
況怙太平人心弛　邪魔結黨競乘之
恩義頓亡滅　忠厚更無知
論利爭毫末　語道徹骨痴
慢己欺人稱好手　土上加泥無了期
大地茫茫皆如斯　我獨鬱陶訴阿誰
凡物自微至顯亦尋常　這回災禍尚似遲
星辰失度何能知　歲序無節已多時
若得此意須自省　何必怨人咎天效女兒

編註：1828年11月12日，日本新潟縣三條大地震，死傷四千餘人，房屋全毀、燒毀、半毀逾三萬四千間，悲痛的良寬為此寫了多首短歌（參見本書第283、284首）與漢詩。此首〈地震後詩〉應為1829年之作（此年3月連續出現餘震，即詩開頭所說「日日日日又日日……」──首二句用了八個「日」字，亦屬一奇）。此詩共二十四句，前六句寫現在（日夜、天地、海陸），中間十二句講過去（「四十年來」指1783年淺間山火山爆發釀成巨災以來），後六句詠未來。良寬慨嘆世人競逐利欲，違背自然之道，此次地震之災正是上天適時之懲罰，盼大家警惕、自省。良寬的社會觀、人生觀在此詩中清楚可見。此詩另有但書「予性畏寒因以發端」。寒裂肌，冷得皮膚都要裂開。匝地，遍地。蹴天，踢天。輕靡，輕佻浮淺。怙，

仗恃。八至十句謂「世風移向輕佻浮淺,速度快如馬飛馳;仗恃著太平歲月,人心變得弛廢、惰怠;邪魔趁機競相結黨作怪」。頓,立刻。十二至十四句謂「更加不知什麼是忠厚:說到『利』錙銖必較,講到『道』則徹底無知」。慢己欺人,自傲欺人。土上加泥,禪宗語,雪上加霜、變本加厲之意。鬱陶,鬱悶、煩憂。訴阿誰,向誰訴。十九、二十句謂「所有事物積少成多、由小變大,此乃尋常之理;這回災禍,說起來還算來得慢呢!我們無法知道日月星辰運行有無錯亂,但人間歲時節令、生活作息脫序已然久矣」。效女兒,像女孩子一樣。

460 〈題峨眉山下橋杭〉
不知落成何年代　書法遒美且清新
分明峨眉山下橋　流寄日本宮川濱

編註：峨眉山，位於成都西南，中國佛教名山。橋杭，橋墩、橋樁。遒美，勁健秀美。末句謂「漂流、寄送到日本椎谷海岸」。1825年12月，今新潟縣柏崎市椎谷與宮川間海岸上，漂來了一根長兩米七、周長零點九米的木樁，上端狀如怪人之臉，木身刻有「峨眉山下橋」幾字。據說1825年夏，峨眉山山洪暴發，此橋樁被沖至岷江，穿三峽，出東海，漂流6000多公里後終登上日本海岸。良寬於1827年看見此物，於1830年寫作此詩。1990年秋，峨眉山清音橋畔修建了一座良寬詩碑亭，碑上鐫刻了良寬此詩手跡。但另有一說謂此物漂流自朝鮮半島，是韓國往昔祈福用的木柱。

461
窗前芭蕉樹　亭亭拂雲涼
讀歌又賦詩　終日坐其傍

編註：亭亭拂雲，意謂「高得很像能擦碰到雲」。其傍，其旁。此詩大約為1830年7月之作。此年夏天，越後地區氣候空前地酷熱。參見本書第107首俳句。

462〈七月十六日〉
　　何處消烝炎　獨愛出田宮
　　民民盈耳蟬　冷冷出林風

編註：此詩寫於1830年7月16日。烝炎，炎熱、暑熱。出田宮，今和島村島崎宇奈具志神社。民民，擬聲詞，蟬鳴聲。末句謂「風涼涼地自林中出」。

463〈冬夜長〉
　　冬夜長兮冬夜長　冬夜悠悠何時明
　　燈無焰兮爐無炭　只聞枕上夜雨聲

編註：此詩為良寬1830年冬天之作，可能寫於11月上旬（死前兩個月）冬至前後。久病又逢夜長，暗夜病榻中不悠悠其憂也難。此詩與底下464、465兩首，合起來另有「冬夜長三首」之題。

464

　　老朽夢易覺　覺來在空堂
　　堂上一盞燈　挑盡冬夜長

編註：易覺，易醒。空堂，空洞的房間。挑，撥動燈芯使燈火明亮。末句謂「燈芯已燃盡了，然而冬夜漫漫，天依舊未明……」。

465
　　一思少年時　　讀書在空堂
　　燈火數添油　　未厭冬夜長

編註：一思，即「思憶起」之意，「一」為發語的虛詞。寒山有詩句「憶昔少年時，求神願成長」。良寬此詩與前一首詩顯為一組對比之作。老年油盡燈枯，冬夜漫漫難度；少年時挑燈夜讀，數添其油，不厭／不畏冬夜之長，青春的火光、火力，灼灼在焉。

【時期不明者】

466

晝出城市行乞食　夜歸巖下坐安禪
蕭然一衲與一缽　西天風流實可憐

編註：晝出城市，白天出去城中。坐安禪，安心坐禪。蕭然，乾淨俐落貌。西天，天竺、印度。風流，意趣。末句謂「西方天竺傳來的坐禪之趣，實在美妙」。

467

籬菊纔殘兩三枝　喬林蕭疏寒鴉飛
千峰萬嶽只夕陽　老僧收缽傍溪歸

編註：纔殘，才剩。喬林，樹木高大的森林。蕭疏，樹葉稀疏。第三句謂「千峰萬嶽都沐浴在夕陽中」。傍溪，沿溪。

468〈空盂〉

痴頑何日休　孤貧是生涯
日暮荒村路　復揭空盂歸

編註：此詩大致謂「痴愚頑固幾時休，一生始終是孤貧；日暮荒村路上，又捧空缽歸來」。參閱第364首。

469

　　草門長不關　　閑庭人跡稀
　　櫧葉梅雨後　　無數點綠苔

編註：草門，柴門、草庵之門。櫧（音「諸」），常綠喬木，材質堅實，葉長橢圓形，初夏新葉發、舊葉落。末二句謂「梅雨後，無數的櫧葉點點散落在綠苔上」。

470

　　寒夜空齋裡　　香煙時已遷
　　戶外竹數竿　　床上書幾篇
　　月出半窗白　　蟲鳴四鄰禪
　　箇中何限意　　相對也無言

編註：此詩寫靜夜坐禪，頗美而妙。空齋，空蕩的房間。第二句謂「香爐的煙嫋嫋升起，（一炷香的）時間已不知不覺過」。第六句謂「蟲鳴，四周更顯安靜，心思澄明專注」。此無我、忘我之境，妙趣無限。所以皎潔「半窗」內「禪定」的詩人對著眼前景物，心裡說「相對也無言」——相對的是半窗外的月或「半月」呢。半窗半月，無言而合一——此「半月」其佛哉？

471
　　卷簾燕子入　　繞圍綠樹榮
　　吾來悠然坐　　甕頭漉酒聲

編註：此詩寫於分水町「牧ヶ花」良寬友人本間氏家。甕頭，剛釀成的酒。漉酒，濾酒。

472〈海津氏宅即事〉
　　田家風雨後　　籬菊僅存枝
　　少婦釃濁酒　　稚子牽衲衣

編註：海津氏，即住在分水町「牧ヶ花」的武士海津間兵衛。釃（音「離」），濾酒。衲衣，僧衣。

473〈竹丘老人過訪：二首之一〉
　　夏日青林裡　　高臥共賦詩
　　君家殊不遠　　晚際乘涼歸

編註：「竹丘老人」為海津間兵衛之號。過訪，來訪。乘涼歸，趁著涼意回家。

474〈竹丘老人過訪：二首之二〉
　　樹杪蟬聲巖下水　夜來過雨絕煙塵
　　莫道草庵無一物　滿窗涼氣分與君

編註：樹杪，樹梢。巖下水，崖下水潺潺。夜來，昨夜。過雨，下過陣雨。絕煙塵，斷絕、洗盡煙霧和塵埃。

475〈竹丘老人見訪〉
　　有叟有叟至山房　山房寂寂日月長
　　南窗之下隨意坐　喫君瓜兮舉我觴

編註：見訪，來訪。山房，山家、僧房，良寬草庵。觴，酒杯。

476〈秋夜偶作〉
　　覺言不能寢　曳杖出柴扉
　　陰蟲鳴古砌　落葉辭寒枝
　　溪邃水聲遠　山高月色遲
　　沉吟時已久　白露沾我衣

編註：覺言，夜裡醒來，「言」為虛詞。曳杖，拄著手杖。陰蟲，秋天的鳴蟲。砌，台階。溪邃，溪深。

477

　　誰憐此生涯　　柴門寄山椒
　　蓬蒿失三徑　　牆壁餘一瓢
　　隔溪聞伐木　　伏枕過清朝
　　幽鳥更鳴過　　似慰余寂寥

編註：生涯，生活、一生。山椒，山頂。三徑，隱者的庭院。幽鳥，山中鳴聲幽雅的鳥。此詩大致謂「我的生活有誰關心、憐惜？我的草庵在靠近山頂處；雜草掩蔽了我的庭院，牆壁上只有一個瓢掛著；可以聽見溪流對岸的伐木聲，我伏在枕上度過一個早上；山鳥又鳴聲幽雅地飛過，彷彿在安慰我的寂寥」。

478

　　吾與筆硯有何緣　　一回書了又一回
　　不知此事問阿誰　　大雄調御天人師

編註：大雄、調御、天人師，都是佛的稱號。《法華經》裡說「爾時有佛，號日月燈明如來、應供、正遍知、明行足、善逝、世間解、無上士、調御丈夫、天人師、佛世尊」。後三句謂「寫完一回又一回，不知此事該問誰？啊，問佛，問佛，問佛！」

479

石階蒼蒼蘚華重　杉松風薰雨霽初
喚取兒童賒村酒　醉後拂卻數行書

編註：蒼蒼，青青。蘚華，即蘚花，蘚苔叢生於石上形成的斑痕。重，層層疊疊。第二句謂「和風吹過杉松，嫩葉的香味飄起，雨停天初晴」。賒村酒，去村裡賒帳買酒。拂卻數行書，抹拭掉好幾行寫了的字。

480

孟夏芒種節　杖錫獨往還
野老忽見我　率我共相歡
蘆芨聊為席　桐葉以為盤
野酌數行後　陶然枕畔眠

編註：孟夏，初夏。芒種，夏季的第三個節氣，穀類作物耕種的節令，現今大約在每年陽曆6月5日，日本江戶時代文化、文政時期於陰曆四月間迎之。野老，村中老人。率，帶領。芨（音「拔」），草根。畔，田界、田埂。後四句謂「姑且以蘆草為席，以桐葉為盤；野外對酌數回後，舒暢地枕著田埂入眠」。

481〈與鵲齋〉
　　秋風正蕭索　衲衣亂如霞
　　一條枯藤杖　依舊訪君家

編註：此詩為良寬贈家住分水町的友人原田鵲齋醫師之作。蕭索，淒涼。衲衣，僧衣。

482
　　幽棲地從占　不知幾冬春
　　菜只藜藿是　米自乞比鄰
　　偏喜人事少　未厭林下貧
　　還來殊疏慵　坐臥任屈伸

編註：幽棲，指幽僻的棲居處或隱居。首句謂「自從來這幽僻之地隱居」。三、四句謂「菜只是藜、藿這類的野菜，米我自己從鄰近的村裡乞討來」。末二句謂「（行腳各地多年）歸居故鄉此庵後，我更覺疏懶，或坐或臥，自在隨意地伸屈身驅」。

483

此生何所似　騰騰且任緣
堪笑兮堪嘆　非俗非沙門
蕭蕭春雨裡　庭梅未照筵
終朝圍爐坐　相對也無言
背手探法帖　薄云供幽閒

編註：騰騰，任性、隨意。沙門，出家之僧人。堪笑兮堪嘆，喜時能笑、悲時能哭。庭梅未照筵，庭中梅花沒有照明草席。薄，少許。云，虛字。末二句謂「手伸到背後拿書法帖子練習書法，聊添些許閒趣」。

484

從我來此地　不記將來時
荒蕪無人掃　缽囊即塵委
孤燈照空壁　夜雨灑閒扉
萬事共已矣　吁嗟又何期

編註：缽囊，缽與背囊。塵委，棄置。末二句謂「萬事已矣，又有什麼可感嘆、期待的」。

485
　　荒村乞食了　歸來綠岩邊
　　夕日隱西峰　淡月照前川
　　洗足上石上　焚香此安禪
　　我亦僧伽子　豈空度流年

編註：前川，前面的溪流。末四句謂「洗完腳後登石上，焚香安靜地坐禪；我也是修行的僧人，豈能空度歲月？」

486
　　方外君莫羨　知足心自平
　　誰知青山裡　不有虎與狼

編註：方外，塵世之外。首句謂「君莫羨我棄世出家為僧」。

487

　　坐時聞落葉　　靜住是出家
　　從來斷思量　　不覺淚沾巾

編註：此詩頗感人。大略謂「打坐時，聽到葉子落，啊靜下來就是出家；從過去到現在，一直斷絕一切惦念，不知不覺間淚濕衣巾……」。靜住，靜定，靜下來，靜定下來，靜靜定下來。

488

　　吾生何處來　　去而何處之
　　獨坐蓬窗下　　兀兀靜尋思
　　尋思不知始　　焉能知其終
　　現在亦復然　　輾轉總是空
　　空中且有我　　況有是與非
　　不如容些子　　隨緣且從容

編註：何處之，到何處。蓬窗下，草庵窗前。兀兀，不動貌。尋思，沉思、反覆思索。些子，些許、一點兒。末八句謂「反覆思索，不知生之始，啊焉能知其終；『現在』也一樣，輾轉就變『不在』，一再變成空；但『空』中還有我，而且還有是與非；不如就稍微包容一下，隨緣自在從容」。

489

　　花無心招蝶　蝶無心尋花
　　花開時蝶來　蝶來時花開
　　吾亦不知人　人亦不知吾　不知從帝則

編註：末句意謂「在不知不覺中，依循上天（天帝）之道（法則），順其自然」。

490

　　縱讀恒沙書　不如持一句
　　有人若相問　如實知自心

編註：此詩大致謂「縱使讀了多如恒河沙數之書，還不如保有一句真言；若有人問你，就回答：如實知自心！」《大日經》說「云何菩提（什麼是覺、悟）？謂如實知自心」。「如實知自心」意謂如實地觀察、明瞭自心的本性。

491〈獨遊樂〉
　　我里獨遊樂　獨樂信是樂
　　只今獨遊人　寧知獨遊樂

編註:《良寬全詩集》校註者谷川敏朗認為此詩之「獨遊樂」指的是日語「独楽」(こま:koma),即陀螺。如是此詩可解為「在我村裡,我們玩『陀螺/独楽』,玩『陀螺/独楽』真是樂;但今日所謂的『獨遊』者,他們怎知什麼是『玩陀螺/獨遊樂』之樂?」

492〈芭蕉翁贊〉
　　是翁以前無是翁　是翁以後無是翁
　　芭蕉翁兮芭蕉翁　使人千古仰是翁

編註:芭蕉翁,即俳聖松尾芭蕉。是翁,即此翁。

493〈李白贊〉
　　東風踏青罷　閑倚案頭眠
　　主人供筆硯　為題醉青蓮

編註:李白,號青蓮。此詩大致謂「春風中踏青歸來,閑倚案頭小眠;主人拿出筆硯,請我為常醉酒的李白的畫像題詩」。

494〈杜甫子美像〉
　　憐花迷柳浣花溪　馬上幾回醉戲謔
　　夢中尚猶在左省　諫草草了筆且削

編註：此詩詠杜甫（字子美）畫像。浣花溪在四川成都，安史之亂中流寓成都的杜甫在此建有浣花草堂隱居。良寬深愛的詩聖〈茅屋為秋風所破歌〉一作便寫成於此。第二句謂「好幾次醉酒，騎著馬胡鬧嬉戲」。左省，指門下省，杜甫曾任規諫朝政的「左拾遺」一職，即屬此部門，所寫〈春宿左省〉一詩有句「明朝有封事，數問夜如何」。諫草，寫給皇上的諫書的草稿。良寬此詩後二句相當有趣，極生動地速寫了避居浣花溪的「杜拾遺」，花間漫遊醉酒之際，仍憂時憂國地在夢中草擬諫書，草成後且提筆修改再三。

495〈題不倒翁〉
　　任人投兮任人笑　更無一物當心地
　　寄語人生若似君　能遊世間有何事

編註：不倒翁，一種玩具，形似蛋，繪有老翁之臉，扳倒後又自動豎起。當心地，盤據心上、掛在心上。末二句謂「我說啊，人生如果像你一樣，當能歡度此世無障礙」。

496〈獨游樂〉
　　獨游樂獨樂　獨游之外何思
　　欲行行欲息息　未要苦倩人為

編註：何思，即「無所思」。倩，請、求。後兩句謂「要走就走，要停就停，不必苦求、仰賴別人」

497
　　得不二山上水　畫不二雲外趣
　　知不知　千古萬古　在人目前

編註：不二山，富士山。雲外趣，雲上的山頭景致。後三句謂「不論人們是否見過它，千古不朽的富士山，如是，就永存於人們眼前」。

498
　　今朝只麼來　有人若問箇中意
　　花開正南枝　和風搭在玉欄干

編註：只麼，這麼、如此。後二句謂「南方枝頭花正開，春風撫摸著玉欄干」──誠安適、愜意之早晨！

403

499
　　吾笑髑髏　髑髏笑我
　　咦　秋風曠野　雨颯颯

編註：咦，嘆詞，如同「啊」。颯颯，風吹、雨降之音。此詩見於良寬遺墨，為題畫詩，詩下方繪有一骷髏，可視為良寬另類自畫像。此詩（或「偈」）可與本書第110首俳句對照閱讀。

500〈孔子贊〉
　　異哉　瞻之在前忽然在後
　　其學也切蹉琢磨　其容也溫良謙讓
　　上無古人下無繼人　所以達巷纔嘆無名
　　子路徒閉口　孔夫子兮孔夫子　太無端
　　唯有愚魯者　彷彿窺其室

編註：本詩大量挪用《論語》裡的字句，向孔子致敬。《論語・子罕篇》有「顏淵喟然嘆曰：仰之彌高，鑽之彌堅，瞻之在前，忽焉在後，夫子循循然善誘人」。《論語・學而篇》有「子貢曰：《詩》云『如切如磋，如琢如磨』，其斯之謂與？」以及「子曰：夫子溫良恭儉讓以得之」。《論語・子罕篇》有「達巷黨人曰：大哉孔子，博學而無所成名」。達巷，村名。朱熹集注：「達巷，黨名。其人姓名不傳。」鄭玄說「達巷者，黨名也，五百家為一黨」。纔嘆，才嘆、方嘆。《論語・學而篇》有「葉公問孔子於子路，子路不對」（不對，閉口不回答）。《論語・先進篇》有「柴也愚，參也魯」（高柴愚直，曾參魯鈍——兩人皆孔子弟子）。太無端，謂至廣、太圓滿而找不到開端。末二句謂「唯有愚直樸拙魯鈍的人，方能一窺孔子學問、德行的堂奧」——其乃以孔子為師之「大愚」良寬自謂乎？

陳黎、張芬齡中譯和歌俳句書目

《亂髮：短歌三百首》。台灣印刻出版公司，2014。

《胭脂用盡時，桃花就開了：與謝野晶子短歌集》。湖南文藝出版社，2018。

《一茶三百句：小林一茶經典俳句選》。台灣商務印書館，2018。

《這世界如露水般短暫：小林一茶俳句300》。北京聯合出版公司，2019。

《但願呼我的名為旅人：松尾芭蕉俳句300》。北京聯合出版公司，2019。

《夕顏：日本短歌400》。北京聯合出版公司，2019。

《春之海終日悠哉游哉：與謝蕪村俳句300》。北京聯合出版公司，2019。

《古今和歌集300》。北京聯合出版公司，2020。

《芭蕉・蕪村・一茶：俳句三聖新譯300》。北京聯合出版公司，2020。

《牽牛花浮世無籬笆：千代尼俳句250》。北京聯合出版公司，2020。

《巨大的謎：特朗斯特羅姆短詩俳句集》。北京聯合出版公司，2020。

《我去你留兩秋天：正岡子規俳句400》。北京聯合出版公司，2021。

《天上大風：良寬俳句・和歌・漢詩400》。北京聯合出版公司，2021。

《萬葉集365》。北京聯合出版公司，2022。

《微物的情歌：塔布拉答俳句與圖象詩集》。台灣黑體文化，2022。

《萬葉集：369首日本國民心靈的不朽和歌》。台灣黑體文化，2023。

《古今和歌集：300首四季與愛戀交織的唯美和歌》。台灣黑體文化，2023。

《變成一個小孩吧：小林一茶俳句365首》。陝西師大出版社，2023。

《致光之君：日本六女歌仙短歌300首》。台灣黑體文化，2024。

《願在春日花下死：西行短歌300首》。台灣黑體文化，2024。

《此身放浪似竹齋：松尾芭蕉俳句450首》。台灣黑體文化，2024。

《我亦見過了月：千代尼俳句300首》。台灣黑體文化，2024。

《四海浪擊秋津島：與謝蕪村俳句475首》。台灣黑體文化，2024。
《星羅萬象一茶味：小林一茶俳句500首》。台灣黑體文化，2025。
《天上大風：良寬俳句・和歌・漢詩500首》。台灣黑體文化，2025。

國家圖書館出版品預行編目(CIP)資料

天上大風：良寬俳句.和歌.漢詩500首／良寬著；陳黎,張芬齡編譯.-- 初版.-- [新北市]：黑體文化出版：遠足文化事業股份有限公司發行, 2025.05
　面；　公分.--(白盒子；15)
ISBN 978-626-7705-24-7(平裝)

861.523　　　　　　　　　　　　　　　　　　　　　　　　　　　114005913

特別聲明：
有關本書中的言論內容，不代表本公司／出版集團的立場及意見，由作者自行承擔文責。

黑體文化　　　　　　　　　　讀者回函

白盒子15
天上大風：良寬俳句・和歌・漢詩500首

作者・良寬｜編譯者・陳黎、張芬齡｜責任編輯・張智琦｜封面設計・許晉維｜出版・黑體文化／左岸文化事業有限公司｜總編輯・龍傑娣｜發行・遠足文化事業股份有限公司（讀書共和國出版集團）｜電話・02-2218-1417｜傳真・02-2218-8057｜客服專線・0800-221-029｜讀書共和國客服信箱service@bookrep.com.tw｜官方網站・http://www.bookrep.com.tw｜法律顧問・華洋法律事務所．蘇文生律師｜印刷・中原造像股份有限公司｜排版・菩薩蠻數位文化有限公司｜初版・2025年5月｜定價・420｜ISBN・9786267705247｜EISBN・9786267705230（PDF）・9786267705223（EPUB）｜書號・2WWB0015

版權所有・翻印必究｜本書如有缺頁、破損、裝訂錯誤，請寄回更換